ŒUVRES POÉTIQUES

DE

ANDRÉ DE CHÉNIER

Avec une notice et des notes
par
M. GABRIEL DE CHÉNIER

TOME II

PARIS

Alphonse Lemerre, éditeur

27-29, PASSAGE CHOISEUL, 27-29

M D CCC LXXIV

ŒUVRES POÉTIQUES

DE

ANDRÉ DE CHÉNIER

II

POËMES

POËMES.

L'Invention*.

O fils du Mincius, je te salue, ô toi
Par qui le dieu des arts fut roi du peuple-roi!
Et vous, à qui jadis, pour créer l'harmonie,
L'Attique et l'onde Égée, et la belle Ionie,
Donnèrent un ciel pur, les plaisirs, la beauté,
Des mœurs simples, des lois, la paix, la liberté,
Un langage sonore, aux douceurs souveraines,
Le plus beau qui soit né sur des lèvres humaines!
Nul âge ne verra pâlir vos saints lauriers,
Car vos pas inventeurs ouvrirent les sentiers;
Et du temple des arts que la gloire environne
Vos mains ont élevé la première colonne.
.A nous tous aujourd'hui, vos faibles nourrissons,
Votre exemple a dicté d'importantes leçons.
Il nous dit que nos mains, pour vous être fidèles,

Y doivent élever des colonnes nouvelles.
L'esclave imitateur naît et s'évanouit;
La nuit vient, le corps reste, et son ombre s'enfuit.

Ce n'est qu'aux inventeurs que la vie est promise;
Nous voyons les enfants de la fière Tamise,
De toute servitude ennemis indomptés;
Mieux qu'eux, par votre exemple, à vous vaincre excités *,
Osons; de votre gloire éclatante et durable
Essayons d'épuiser la source inépuisable.
Mais inventer n'est pas, en un brusque abandon,
Blesser la vérité, le bon sens, la raison;
Ce n'est pas entasser, sans dessein et sans forme,
Des membres ennemis en un colosse énorme;
Ce n'est pas, élevant des poissons dans les airs,
A l'aile des vautours ouvrir le sein des mers;
Ce n'est pas sur le front d'une nymphe brillante
Hérisser d'un lion la crinière sanglante :
Délires insensés! fantômes monstrueux!
Et d'un cerveau malsain rêves tumultueux!
Ces transports déréglés, vagabonde manie,
Sont l'accès de la fièvre et non pas du génie ;
D'Ormuzd et d'Ahriman ce sont les noirs combats,
Où, partout confondus, la vie et le trépas,
Les ténèbres, le jour, la forme et la matière,
Luttent sans être unis; mais l'esprit de lumière
Fait naître en ce chaos la concorde et le jour :
D'éléments divisés il reconnaît l'amour,
Les rappelle; et partout, en d'heureux intervalles,
Sépare et met en paix les semences rivales.

Ainsi donc, dans les arts, l'inventeur est celui
Qui peint ce que chacun put sentir comme lui ;
Qui, fouillant des objets les plus sombres retraites,
Étale et fait briller leurs richesses secrètes ;
Qui, par des nœuds certains, imprévus et nouveaux,
Unissant des objets qui paraissaient rivaux,
Montre et fait adopter à la nature mère
Ce qu'elle n'a point fait, mais ce qu'elle a pu faire ;
C'est le fécond pinceau qui, sûr dans ses regards,
Retrouve un seul visage en vingt belles épars,
Les fait renaître ensemble, et, par un art suprême,
Des traits de vingt beautés forme la beauté même.
La nature dicta vingt genres opposés
D'un fil léger entre eux chez les Grecs divisés.
Nul genre, s'échappant de ses bornes prescrites *,
N'aurait osé d'un autre envahir les limites,
Et Pindare à sa lyre, en un couplet bouffon,
N'aurait point de Marot associé le ton.
De ces fleuves nombreux dont l'antique Permesse
Arrosa si longtemps les cités de la Grèce,
De nos jours même, hélas ! nos aveugles vaisseaux
Ont encore oublié mille vastes rameaux.
Quand Louis et Colbert, sous les murs de Versailles,
Réparaient des beaux-arts les longues funérailles,
De Sophocle et d'Eschyle ardents admirateurs,
De leur auguste exemple élèves inventeurs,
Des hommes immortels firent sur notre scène
Revivre aux yeux français les théâtres d'Athène.
Comme eux, instruit par eux, Voltaire offre à nos pleurs
Des grands infortunés les illustres douleurs * ;

D'autres esprits divins, fouillant d'autres ruines,
Sous l'amas des débris, des ronces, des épines,
Ont su, pleins des écrits des Grecs et des Romains,
Retrouver, parcourir leurs antiques chemins.
Mais, ô la belle palme et quel trésor de gloire
Pour celui qui, cherchant la plus noble victoire,
D'un si grand labyrinthe affrontant les hasards,
Saura guider sa muse aux immenses regards,
De mille longs détours à la fois occupée,
Dans les sentiers confus d'une vaste épopée,
Lui dire d'être libre, et qu'elle n'aille pas
De Virgile et d'Homère épier tous les pas,
Par leur secours à peine à leurs pieds élevée ;
Mais, qu'auprès de leurs chars dans un char enlevée,
Sur leurs sentiers marqués de vestiges si beaux,
Sa roue ose imprimer des vestiges nouveaux !
Quoi ! faut-il, ne s'armant que de timides voiles,
N'avoir que ces grands noms pour nord et pour étoiles,
Les côtoyer sans cesse, et n'oser un instant,
Seul et loin de tout bord, intrépide et flottant,
Aller sonder les flancs du plus lointain Nérée,
Et du premier sillon fendre une onde ignorée ?
Les coutumes d'alors, les sciences, les mœurs
Respirent dans les vers des antiques auteurs.
Leur siècle est en dépôt dans leurs nobles volumes.
Tout a changé pour nous, mœurs, sciences, coutumes.
Pourquoi donc nous faut-il, par un pénible soin,
Sans rien voir près de nous, voyant toujours bien loin,
Vivant dans le passé, laissant ceux qui commencent,
Sans penser, écrivant d'après d'autres qui pensent,

Retraçant un tableau que nos yeux n'ont point vu,
Dire et dire cent fois ce que nous avons lu?
De la Grèce héroïque et naissante et sauvage
Dans Homère à nos yeux vit la parfaite image.
Démocrite, Platon, Épicure, Thalès,
Ont de loin à Virgile indiqué les secrets
D'une nature encore à leurs yeux trop voilée.
Torricelli, Newton, Kepler et Galilée,
Plus doctes, plus heureux dans leurs puissants efforts,
A tout nouveau Virgile ont ouvert des trésors.
Tous les arts sont unis : les sciences humaines
N'ont pu de leur empire étendre les domaines,
Sans agrandir aussi la carrière des vers.
Quel long travail pour eux a conquis l'univers!
Aux regards de Buffon, sans voile, sans obstacles,
La terre ouvrant son sein, ses ressorts, ses miracles,
Ses germes, ses coteaux, dépouille de Téthys;
Les nuages épais, sur elle appesantis,
De ses noires vapeurs nourrissant leur tonnerre;
Et l'hiver ennemi pour envahir la terre,
Roi des antres du Nord, et, de glaces armés,
Ses pas usurpateurs sur nos monts imprimés;
Et l'œil perçant du verre en la vaste étendue
Allant chercher ces feux qui fuyaient notre vue;
Aux changements prédits, immuables, fixés,
Que d'une plume d'or Bailly nous a tracés,
Aux lois de Cassini les comètes fidèles;
L'aimant de nos vaisseaux seul dirigeant les ailes;
Une Cybèle neuve et cent mondes divers
Aux yeux de nos Jasons sortis du sein des mers;

Quel amas de tableaux, de sublimes images,
Naît de ces grands objets réservés à nos âges!
Sous ces bois étrangers qui couronnent ces monts,
Aux vallons de Cusco, dans ces antres profonds,
Si chers à la fortune et plus chers au génie,
Germent des mines d'or, de gloire et d'harmonie.
Pensez-vous, si Virgile ou l'Aveugle divin
Renaissaient aujourd'hui, que leur savante main
Négligeât de saisir ces fécondes richesses,
De notre Pinde auguste éclatantes largesses?
Nous en verrions briller leurs sublimes écrits;
Et ces mêmes objets, que vos doctes mépris
Accueillent aujourd'hui d'un front dur et sévère,
Alors à vos regards auraient seuls droit de plaire.
Alors, dans l'avenir, votre inflexible humeur
Aurait soin de défendre à tout jeune rimeur
D'oser sortir jamais de ce cercle d'images
Que vos yeux auraient vu tracé dans leurs ouvrages.
Mais qui jamais a su, dans des vers séduisants,
Sous des dehors plus vrais peindre l'esprit aux sens?
Mais quelle voix jamais d'une plus pure flamme
Et chatouilla l'oreille et pénétra dans l'âme?
Mais leurs mœurs et leurs lois, et mille autres hasards,
Rendaient leur siècle heureux plus propice aux beaux-arts.
Eh bien, l'âme est partout; la pensée a des ailes.
Volons, volons chez eux retrouver leurs modèles;
Voyageons dans leur âge, où, libre, sans détour,
Chaque homme ose être un homme et penser au grand jour.
Au tribunal de Mars, sur la pourpre romaine,
Là du grand Cicéron la vertueuse haine

Écrase Céthégus, Catilina, Verrès;
Là tonne Démosthène; ici de Périclès
La voix, l'ardente voix, de tous les cœurs maîtresse,
Frappe, foudroie, agite, épouvante la Grèce.
Allons voir la grandeur et l'éclat de leurs jeux.
Ciel! la mer appelée en un bassin pompeux!
Deux flottes parcourant cette enceinte profonde,
Combattant sous les yeux des conquérants du monde!
O terre de Pélops! avec le monde entier
Allons voir d'Épidaure un agile coursier,
Couronné dans les champs de Némée et d'Élide;
Allons voir au théâtre, aux accents d'Euripide,
D'une sainte folie un peuple furieux
Chanter : *Amour, tyran des hommes et des dieux;*
Puis, ivres des transports qui nous viennent surprendre,
Parmi nous, dans nos vers, revenons les répandre;
Changeons en notre miel leurs plus antiques fleurs,
Pour peindre notre idée empruntons leurs couleurs;
Allumons nos flambeaux à leurs feux poétiques;
Sur des pensers nouveaux faisons des vers antiques.

Direz-vous qu'un objet né sur leur Hélicon
A seul de nous charmer pu recevoir le don?
Que leurs fables, leurs dieux, ces mensonges futiles[1],
Des Muses noble ouvrage, aux Muses sont utiles?

1. Variante :

Eh bien, me direz-vous, ces mensonges futiles.

Que nos travaux savants, nos calculs studieux[1],
Qui subjuguent l'esprit et répugnent aux yeux,
Que l'on croit malgré soi, sont pénibles, austères,
Et moins grands, moins pompeux que leurs belles chimères ?
Voilà ce que traités, préfaces, longs discours[2],
Prose, rime, partout nous disent tous les jours.
Mais enfin, dites-moi, si d'une œuvre immortelle,
La nature est en nous la source et le modèle[3],
Pouvez-vous le penser, que tout cet univers,
Et cet ordre éternel, ces mouvements divers[4],
L'immense vérité, la nature elle-même
Soit moins grande en effet que ce brillant système
Qu'ils nommaient la nature, et dont d'heureux efforts[5]

1. Variante :

  Les doctes vérités, les calculs studieux,
  Qui subjuguent l'esprit et combattent les yeux.

2. Avant ce vers qui présente une variante, le manuscrit
porte :

  Ces objets, hérissés, dans leurs détours nombreux,
  Des ronces d'un langage obscur et ténébreux,
  Pour l'âme, pour les sens offrent-ils rien à peindre,
  . . . . des vers y pourrait-il atteindre ?
  Oui, c'est ce que traités, préfaces, longs discours,

3. Variante :

  La nature est toujours la source et le modèle.

4. Variante :

  Que de l'ordre éternel les mouvements divers.

5. Variante :

  Qu'on nomma la nature, et dont d'heureux efforts.

Disposaient avec art les fragiles ressorts ?
Mais quoi ! ces vérités sont au loin reculées,
Dans un langage obscur saintement recélées :
Le peuple les ignore. O Muses, ô Phébus !
C'est là, c'est là sans doute un aiguillon de plus.
L'auguste poésie, éclatante interprète,
Se couvrira de gloire en forçant leur retraite.
Cette reine des cœurs, à la touchante voix,
A le droit, en tous lieux, de nous dicter son choix.
Sûre de voir partout, introduite par elle,
Applaudir à grands cris une beauté nouvelle,
Et les objets nouveaux que sa voix a tentés,
Partout, de bouche en bouche, après elle chantés,
Elle porte, à travers leurs nuages plus sombres,
Des rayons lumineux qui dissipent leurs ombres,
Et rit quand, dans son vide, un auteur oppressé
Se plaint qu'on a tout dit et que tout est pensé.
Seule, et la lyre en main, et de fleurs couronnée,
De doux ravissements partout accompagnée,
Aux lieux les plus déserts, ses pas, ses jeunes pas,
Trouvent mille trésors qu'on ne soupçonnait pas.
Sur l'aride buisson que son regard se pose,
Le buisson à ses yeux rit et jette une rose.
Elle sait ne point voir, dans son juste dédain,
Les fleurs qui trop souvent, courant de main en main,
Ont perdu tout l'éclat de leurs fraîcheurs vermeilles ;
Elle sait même encore, ô charmantes merveilles !
Sous ses doigts délicats réparer et cueillir
Celles qu'une autre main n'avait su que flétrir ;
Elle seule connaît ces extases choisies,

D'un esprit tout de feu mobiles fantaisies,
Ces rêves d'un moment, belles illusions,
D'un monde imaginaire aimables visions,
Qui ne frappent jamais, trop subtile lumière,
Des terrestres esprits l'œil épais et vulgaire.
Seule, de mots heureux, faciles, transparents,
Elle sait revêtir ces fantômes errants;
Ainsi des hauts sapins de la Finlande humide,
De l'ambre, enfant du ciel, distille l'or fluide,
Et sa chute souvent rencontre dans les airs
Quelque insecte volant qu'il porte au fond des mers;
De la Baltique enfin les vagues orageuses
Roulent et vont jeter ces larmes précieuses
Où la fière Vistule, en de nobles coteaux,
Et le froid Niémen expirent dans ses eaux.
Là les arts vont cueillir cette merveille utile,
Tombe odorante où vit l'insecte volatile;
Dans cet or diaphane il est lui-même encor,
On dirait qu'il respire et va prendre l'essor.

Qui que tu sois enfin, ô toi, jeune poëte,
Travaille, ose achever cette illustre conquête.
De preuves, de raisons, qu'est-il encor besoin!
Travaille. Un grand exemple est un puissant témoin.
Montre ce qu'on peut faire en le faisant toi-même.
Si pour toi la retraite est un bonheur suprême,
Si chaque jour les vers de ces maîtres fameux
Font bouillonner ton sang et dresser tes cheveux,
Si tu sens chaque jour, animé de leur âme,
Ce besoin de créer, ces transports, cette flamme,

Travaille. A nos censeurs c'est à toi de montrer
Tous ces trésors nouveaux qu'ils veulent ignorer.
Il faudra bien les voir, il faudra bien se taire
Quand ils verront enfin cette gloire étrangère
De rayons inconnus ceindre ton front brillant.
Aux antres de Paros, le bloc étincelant
N'est aux vulgaires yeux qu'une pierre insensible.
Mais le docte ciseau, dans son sein invisible,
Voit, suit, trouve la vie, et l'âme, et tous ses traits[1].
Tout l'Olympe respire en ses détours secrets.
Là vivent de Vénus les beautés souveraines;
Là des muscles nerveux, là de sanglantes veines
Serpentent; là des flancs invaincus aux travaux,
Pour soulager Atlas des célestes fardeaux.
Aux volontés du fer leur enveloppe énorme
Cède, s'amollit, tombe; et de ce bloc informe
Jaillissent, éclatants, des dieux pour nos autels :
C'est Apollon lui-même, honneur des immortels;
C'est Alcide vainqueur des monstres de Némée;
C'est du vieillard troyen la mort envenimée;
C'est des Hébreux errants le chef, le défenseur :
Dieu tout entier habite en ce marbre penseur.
Ciel! n'entendez-vous pas de sa bouche profonde
Éclater cette voix créatrice du monde[2]?

1. Le manuscrit donne cette variante :

   Voit les traits de la vie et l'âme enfant des cieux;
   En secret, là, pour lui, respirent tous les dieux.

2. Variante :

   Tonner la voix de Dieu créatrice du monde?

Oh! qu'ainsi parmi nous des esprits inventeurs[1]
De Virgile et d'Homère atteignent les hauteurs!
Sachent dans la mémoire avoir comme eux un temple,
Et sans suivre leurs pas imiter leur exemple[2];
Faire, en s'éloignant d'eux avec un soin jaloux,
Ce qu'eux-même ils feraient s'ils vivaient parmi nous[3]!
Que la nature seule, en ses vastes miracles,
Soit leur fable et leurs dieux, et ses lois leurs oracles;
Que leurs vers, de Téthys respectant le sommeil,   .
N'aillent plus dans ses flots rallumer le soleil;
De la cour d'Apollon que l'erreur soit bannie[4],
Et qu'enfin Calliope, élève d'Uranie,
Montant sa lyre d'or sur un plus noble ton,
En langage des dieux fasse parler Newton!
Oh! si je puis, un jour!... Mais quel est ce murmure?

1. Variante :

> Oh! qu'ainsi, de la nuit des plus doctes secrets
> Retirant la lumière et des aimables traits
> D'une nature encor neuve et presque naissante
> Illustrant les tableaux de leur muse savante,
> Parmi nous, quelque jour, des esprits inventeurs
> De l'antique Parnasse égalent les honneurs!

2. Variante .

> Et sans suivre leurs pas imitant leur exemple.

3. Variante :

> Ce qu'eux-même eussent fait s'ils vivaient parmi nous!

4. Variante :

> Que du char de la nuit Diane soit bannie.

Quelle nouvelle attaque et plus forte et plus dure [1]?
O langue des Français! est-il vrai que ton sort
Est de ramper toujours, et que toi seule as tort?
Ou si d'un faible esprit l'indolente paresse
Veut rejeter sur toi sa honte et sa faiblesse?
Il n'est sot traducteur, de sa richesse enflé [2],
Sot auteur d'un poëme ou d'un discours sifflé [3],
Ou d'un recueil ambré de chansons à la glace,
Qui ne vous avertisse, en sa fière préface,
Que, si son style épais vous fatigue d'abord,
Si sa prose vous pèse et bientôt vous endort,
Si son vers est gêné, sans feu, sans harmonie,
Il n'en est point coupable : il n'est pas sans génie ;
Il a tous les talents qui font les grands succès ;
Mais enfin, malgré lui, ce langage français,
Si faible en ses couleurs, si froid et si timide,
L'a contraint d'être lourd, gauche, plat, insipide.
Mais serait-ce Le Brun, Racine, Despréaux
Qui l'accusent ainsi d'abuser leurs travaux?
Est-ce à Rousseau, Buffon, qu'il résiste infidèle [4]?
Est-ce pour Montesquieu qu'impuissant et rebelle,

1. Variante :
   Quelle attaque nouvelle et plus forte et plus dure?

2. Variante :
   Il n'est sot traducteur, de sa trouvaille enflé.

3. Variante :
   Sot auteur d'un poëme ou d'un drame sifflé.

4. Variante :
   Est-ce à Rousseau, Buffon, Montaigne qu'infidèle.

Il fuit? Ne sait-il pas, se reposant sur eux,
Doux, rapide, abondant, magnifique, nerveux,
Creusant dans les détours de ces âmes profondes,
S'y teindre, s'y tremper de leurs couleurs fécondes?
Un rimeur voit partout un nuage, et jamais
D'un coup d'œil ferme et grand n'a saisi les objets;
La langue se refuse à ses demi-pensées,
De sang-froid, pas à pas, avec peine amassées [1];
Il se dépite alors, et, restant en chemin,
Il se plaint qu'elle échappe et glisse de sa main.
Celui qu'un vrai démon presse, enflamme, domine,
Ignore un tel supplice : il pense, il imagine;
Un langage imprévu, dans son âme produit,
Naît avec sa pensée, et l'embrasse et la suit;
Les images, les mots que le génie inspire,
Où l'univers entier vit, se meut et respire,
Source vaste et sublime et qu'on ne peut tarir [2],
En foule en son cerveau se hâtent de courir.
D'eux-même ils vont chercher un nœud qui les rassemble :
Tout s'allie et se forme, et tout va naître ensemble.

Sous l'insecte vengeur envoyé par Junon,
Telle Io tourmentée, en l'ardente saison*,
Traverse en vain les bois et la longue campagne,
Et le fleuve bruyant qui presse la montagne;

1. Variante :

   Pas à pas, de sang-froid, avec peine amassées.

2. Variante :

   La *source* des pensers que *rien ne peut tarir.*

Tel le bouillant poëte, en ses transports brûlants,
Le front échevelé, les yeux étincelants,
S'agite, se débat, cherche en d'épais bocages [1]
S'il pourra de sa tête apaiser les orages
Et secouer le dieu qui fatigue son sein.
De sa bouche à grands flots ce dieu dont il est plein
Bientôt en vers nombreux s'exhale et se déchaîne;
Leur sublime torrent roule, saisit, entraîne.
Les tours impétueux, inattendus, nouveaux,
L'expression de flamme aux magiques tableaux
Qu'a trempés la nature en ses couleurs fertiles,
Les nombres tour à tour turbulents ou faciles,
Tout porte au fond des cœurs le tumulte ou la paix*,
Dans la mémoire au loin tout s'imprime à jamais.
C'est ainsi que Minerve, en un instant formée,
Du front de Jupiter s'élance tout armée,
Secouant et le glaive, et le casque guerrier,
Et l'horrible Gorgone à l'aspect meurtrier.
Des Toscans, je le sais, la langue est séduisante :
Cire molle, à tout peindre habile et complaisante*,
Qui prend d'heureux contours sous les plus faibles mains.
Quand le Nord, s'épuisant de barbares essaims,
Vint, par une conquête en malheurs plus féconde,
Venger sur les Romains l'esclavage du monde,
De leurs affreux accents la farouche âpreté
Du latin en tous lieux souilla la pureté.
On vit de ce mélange étranger et sauvage

1. Variante :

Erre, tourne à grands pas, seul, en d'épais bocages.

Naître des langues sœurs, que le temps et l'usage *,
Par des sentiers divers guidant diversement,
D'une lime insensible ont poli lentement,
Sans pouvoir en entier, malgré tous leurs prodiges,
De la rouille barbare effacer les vestiges.
De là du castillan la pompe et la fierté,
Teint encor des couleurs du langage indompté
Qu'au Tage transplantaient les fureurs musulmanes.
La grâce et la douceur sur les lèvres toscanes
Fixèrent leur empire; et la Seine à la fois
De grâce et de fierté sut composer sa voix.
Mais ce langage, armé d'obstacles indociles,
Lutte et ne veut plier que sous des mains habiles.
Est-ce un mal? Eh! plutôt rendons grâces aux dieux :
Un faux éclat longtemps ne peut tromper nos yeux,
Et notre langue même, à tout esprit vulgaire
De nos vers dédaigneux fermant le sanctuaire,
Avertit dès l'abord quiconque y veut monter *
Qu'il faut savoir tout craindre et savoir tout tenter,
Et, recueillant affronts ou gloire sans mélange[1],
S'élever jusqu'au faîte ou ramper dans la fange.

1. Le manuscrit offre cette variante :
   Et, recueillant ou HONTE *ou gloire sans mélange.*

HERMÈS*.

PREMIER CHANT A.

Système de la terre et non du monde. Les saisons. Naissance des animaux. L'âme. Les animaux se partagent la terre. L'un de çà, l'autre de là. L'homme seul peut vivre partout. Mais n'anticipons point. Prenons-le au commencement, et tous ses miracles vont nous passer en revue.

DEUXIÈME CHANT B.

L'homme depuis le commencement de son état de sauvage jusqu'à la naissance des sociétés.

TROISIÈME CHANT Γ.

Les sociétés. Politique, morale. Invention des sciences... Système du monde.

PREMIER CHANT.

Il faut magnifiquement représenter la terre sous l'emblème métaphorique d'un grand animal qui vit, se meut, est sujet à des changements, des révolutions, des fièvres, des dérangements dans la circulation de son sang.

La terre est éternellement en mouvement. Chaque chose naît, meurt, se dissout. Cette particule de terre a été du fumier ; elle devient un tronc et qui plus est un roi. Le monde est une branloire perpétuelle, dit Montaigne à cette occasion, les conquérants, les bouleversements successifs des invasions et des conquêtes, d'ici, de là... Les hommes ne font attention à ce roulis perpétuel que quand ils en sont les victimes. Il est pourtant toujours... L'homme ne juge les choses que dans le rapport qu'elles ont avec lui. Affecté d'une telle manière, il appelle un accident un bien. Affecté de telle autre manière, il l'appellera un mal. La chose est pourtant la même et rien n'a changé que lui.*

Chaque chose a dans soi ses ressorts. Les autres choses la frappent au dehors. Ces qualités unies la font être, et, pour la bien connaître, il faut les connaître ensemble et voir ce qu'elle est et quel rang elle a dans l'univers.

Chaque effet d'une cause
D'un autre effet lui-même est la cause puissante.
Rien n'est fait pour soi seul...

... Toi, arbre ou fleuve, réponds, pourquoi fais-tu ceci et cela ? — Je le fais pour... Et toi telle autre chose, pourquoi ? — Je le fais pour... Cette qualité que je prodigue, je la tiens de telle chose, je la dispense à telle autre qui la communiquera à telle autre, etc...

Et si le bien existe il doit seul exister.

Ces atomes de vie, ces semences premières sont toujours en égale quantité sur la terre et toujours en mouvement. Ils passent de corps en corps, s'alambiquent, s'élaborent, se travaillent, fermentent, se subtilisent dans leur rapport avec le vase où ils sont

*actuellement contenus. Ils entrent dans un végétal, ils en sont
la sève, la force, les sucs nourriciers. Ce végétal est mangé par
quelque animal, alors ils se transforment en sang et en cette substance qui produira un autre animal et qui fait vivre les
espèces, ou dans un chêne ce qu'il y a de plus subtil se rassemble dans le gland.*

*Ainsi, jeune et tendre nourrisson, ta mère même en prenant sa
nourriture, ne mange que pour toi, ne consulte que toi,*

Et des sucs d'une table innocente et choisie [1],
Amasse dans son sein les dépôts de ta vie.

*Quand la terre forma les espèces animales, plusieurs périrent
par plusieurs causes à développer. Alors d'autres corps organisés
(car les organes vivants, secrets, meuvent les végétaux, minéraux* et tout) héritèrent de la quantité d'atomes de vie qui
avaient entré dans la composition de celles qui s'étaient détruites
et se formèrent de leurs débris.*

*Ovide, livre XV : Et vetus inventa est in montibus anchora
summis*.*

*La ville d'Ancyre fut fondée sur une montagne où l'on trouva
une ancre, ἄγχυρα.*

*Peindre les différents déluges qui détruisirent tout... La mer
Caspienne, lac Aral et mer Noire réunis... L'éruption par
l'Hellespont... Les hommes se sauvant au sommet des montagnes... Autels posés au bord de la mer qui sont aujourd'hui
bien élevés au-dessus d'elle... Les membres et corps des animaux et des hommes errant au gré des eaux... et leurs os
existant encore en amas immenses sur les côtes des continents et
des îles de la Méditerranée, etc....*

Ces mers, allant remplir des vallées où paissaient les trou-
peaux, et baigner des côtes nouvelles, y allument des volcans et
les éteignent aux lieux d'où elles se retirent.*

. . . .

Ce chaos, ces montagnes hérissées, ces torrents, ces énormes

1. Le manuscrit donne cette variante :

Et des mets d'une table innocente et choisie.

rochers épars, on croit voir là éparpillé le reste des matériaux avec lesquels on a fait le monde :

C'est là qu'admis au fond d'un antique mystère,
L'œil pense avec effroi voir la nature mère,
Dans les convulsions d'un douloureux tourment,
S'agiter sous l'effort d'un long enfantement.

  Les montagnes enceintes de bitume.

Telle et telle cause agite la mer, secoue la terre, ouvre le cratère des volcans.

Les montagnes qui ne sont rien sur le globe... puis les arbres, les animaux, l'homme (description des Centaures).

Il faut finir le chant premier par une magnifique description de toutes les espèces animales et végétales naissant ; et les saisons ; et au printemps la terre pregnans et dans les chaleurs de l'été toutes les espèces animales et végétales se livrant aux feux de l'amour et transmettant à leur postérité les semences de vie confiées à leurs entrailles.

*Toutes les espèces à qui la nature ou les plaisirs (per veneris res *) ont ouvert les portes de la vie.*

*Traduire quelque part le magnum crescendi immissis certamen habenis *.*

Et la blanche brebis de laine appesantie,
Etc. . . . .

  Au printemps.

Que la terre est nubile et brûle d'être mère.

*Tum pater omnipotens *... et les vents et la mer (tous les phénomènes physiques qui arrivent à cette époque) se réjouissent et prennent part à cet auguste hyménée du ciel et de la terre :*

De sa puissante épouse emplit les vastes flancs.

Parmi les personnages qui devaient figurer dans le poëme d'*Hermès*, l'auteur aurait fait intervenir un sage magicien. Voici comment il s'en explique :

Il faut que le sage magicien qui sera un des héros de ce bizarre poëme ait passé par plusieurs métempsycoses propres à montrer allégoriquement l'histoire de l'espèce humaine, et qu'il la raconte comme Pythagore dans Ovide et Ennius, et Empédocle (V. Hier. Colonne sur Ennius, au commencement) *.

DEUXIÈME CHANT.

Ridés, le front blanchi, dans notre tête antique
S'éteindra cette flamme ardente et poétique,
Qui, féconde et rapide en un jeune cerveau,
Y peint de l'univers un mobile tableau ;
Et par qui tout à coup le poëte indomptable
Sort, quitte ses amis, et les jeux, et la table,
S'enferme, et, sous le dieu qui le vient oppresser,
Seul, chez lui, s'interroge, et s'écoute penser.

(Dans la préface du deuxième chant.)

---

 * *Après avoir fait connaître les armes défensives et offensives
extérieurement de tous les animaux, l'homme seul, nu... O
homme ! est-ce toi qui disséqueras la lumière... Son arme offen-
sive et intérieure, c'est son génie... Les animaux ont un point
où ils restent... L'homme seul est perfectible...*
 *Chaque individu dans l'état sauvage est un tout indépendant.
Dans l'état de société il est partie du tout, il vit de la vie commune. Ainsi, dans le chaos des poëtes, chaque germe, chaque
élément est seul et n'obéit qu'à son poids. Mais quand tout cela
est arrangé, chacun est un tout à part et en même temps une
partie du grand tout. Chaque monde roule sur lui-même et
roule aussi autour du centre. Tous ont leurs lois à part et toutes
ces lois diverses tendent à une loi commune et forment l'univers.
Montrer que rien n'est fait pour soi seul ; que tout, soit active-
ment, soit passivement, dépend d'une fin commune. Que les
métaux nés dans cette terre et non pas dans une autre... Enfin
que toutes les choses... que l'état de chaque chose n'est que le*

résultat de ses qualités intérieures et de ses rapports avec les autres choses.

Des Sens.

A l'article des sens, en expliquant leur mécanisme et leur connexion mutuelle et les services qu'ils se rendent entre eux, sur-tout le tact et la vue, qui se redressent et se rectifient l'un l'autre à l'aide de raisonnements fondés sur la mémoire. . . . .

Les yeux. . . . .
. . . . auraient-ils oublié
Les délices des pleurs donnés à la pitié?

A la fin du morceau des sens... si quelques individus, quelques générations, quelques peuples donnent dans un vice ou dans une erreur, cela n'empêche pas que l'âme et le jugement du genre humain entier ne soit porté à la vertu et à la vérité, comme le bois d'un arc, quoique courbé et plié un moment, n'en a pas moins un désir invincible d'être droit et ne s'en redresse pas moins dès qu'il le peut. Pourtant, quand une longue habitude l'a tenu courbé, il ne se redresse plus. Cela fournit un autre emblème.

Trahitur pars longa catenæ.
Perse *.

. . . . et traîne
Encore après ses pas la moitié de sa chaîne.

La différence des hommes sous les divers climats, comparée à celle des plantes, et les raisons physiques doivent être placées au second chant après le morceau des sens.

II. +

Des Passions.

Après les sens... Les passions... combinées et équilibrées avec la raison et la conscience. C'est alors que l'homme qui s'est un peu avili soit par une passion,... soit par une autre,... est guéri par une autre, soit l'amour de la vertu, soit l'amour de la gloire... Il répare et étaie de belles actions sa renommée ainsi chancelante, fama vacillans... *mais souvent il lui reste des traces de ses anciens goûts :*

Trahitur pars longa catenæ.

Il est tourmenté par une passion; une autre passion vient la combattre et lui mettre un frein qu'elle a beau mordre et blanchir d'écume.

Il s'arrache à ses goûts, à ses plaisirs... Il veut vivre, c'est-à-dire être utile à ses frères et laisser un nom... C'est là vivre, en effet, et celui qui...

Est mort toute sa vie et n'a jamais vécu.

Noter plus haut que plus on est né un personnage, plus on a des passions ardentes et plus on peut avoir eu une jeunesse fougueuse et des égarements terribles.

Les mêmes passions générales forment la constitution générale des hommes, mais ces passions modifiées par la constitution particulière des individus, et prenant le cours que leur indique une éducation vicieuse, produisent le crime ou la vertu, la lumière ou la nuit. Ce sont mêmes plantes qui nourrissent l'abeille et la vipère; dans l'une elles font du miel, dans l'autre du poison. Un vase corrompu aigrit la plus douce liqueur... L'étude du cœur de l'homme est notre plus digne étude :

Assis au centre obscur de cette forêt sombre

Qui fuit et se partage en des routes sans nombre,
Chacune autour de nous s'ouvre ; et, de toute part,
Nous y pouvons au loin plonger un long regard.

Quelquefois l'instinct naturel des hommes est étouffé par des circonstances étrangères ; mais il reparaît bientôt. Comme le Nil, le Rhône, je ne sais quel fleuve d'Espagne, etc... s'ensevelissent sous terre pendant quelque temps.

*L'auteur voulait enfin placer aux passions cette pensée de l'*Art poétique* d'Horace (vers 163) :*

Cereus in vitium flecti.

Cire flexible et molle à se plier au vice.

Tous les hommes ont le même fond de goût, de passions, de sentiments, qui se façonnent différemment dans chacun. Ils sont donc tous assez semblables pour être la même race, assez divers pour n'être pas le même individu. Il en est de même des visages.

Le législateur sait que les passions sont bonnes en elles-mêmes, qu'elles ne nuisent que mal dirigées, mais que, poussées comme il convient, elles concourent au même but. Il fait bon usage même des faiblesses humaines.

Pour fruit de leurs travaux, il présente à leurs yeux
La gloire des humains. . . . . . . impérieux :
Après l'art d'être sage, elle est leur bien suprême,
Le seul prix des vertus après les vertus même,
Et dans un cœur méchant, mais d'orgueil combattu,
Peut même quelquefois tenir lieu de vertu.

Formation des langues.

Sons, accents, organes naturels... les mots... rapides Protées, ils revêtent la teinture de tous nos sentiments. Ils dissèquent et étaient toutes les moindres de nos pensées, comme un prisme fait les couleurs.

Les grammairiens, hommes dont les travaux sont très-utiles lorsqu'ils se bornent à expliquer les lois du langage et qu'ils n'ont pas la prétention de les fixer.

La langue française a peur de la poésie, et la poésie a peur de la langue anglaise.

Les Causes*.

Tout accident naturel dont la cause était inconnue, un ouragan, une inondation, une éruption de volcan, une tempête étaient des prodiges regardés comme une vengeance céleste... et les vices de ces anarchies primitives étaient un préjugé assez raisonnable en faveur de cette opinion qui peut, d'ailleurs, être alléguée en preuve de la conscience.

En poursuivant dans toutes les actions humaines les causes que j'ai assignées à ces actions, souvent je perds le fil; mais je le retrouve.

Ainsi, dans les sentiers d'une forêt naissante,
A grands cris élancée, une meute pressante,
Aux vestiges connus dans les zéphyrs errants,
D'un agile chevreuil suit les pas odorants.
L'animal, pour tromper leur course suspendue,
Bondit, s'écarte, fuit; et la trace est perdue.
Furieux, de ses pas cachés dans ces déserts,
Leur narine inquiète interroge les airs,
Par qui bientôt frappés de sa trace nouvelle
Ils volent à grands cris sur sa route fidèle.

Religion.

La plupart des fables furent sans doute des emblêmes et des apologues des sages.(Expliquer cela comme Lucrèce au liv. III*.) C'est ainsi que l'on fit tels et tels dogmes, tels et tels dieux... mystères... initiations... Le peuple prit au propre ce qui était dit au figuré. C'est ici qu'il faut traduire une belle comparaison du poëte Lucile conservée par Lactance, Divinæ institutiones, lib. I *.

> Ut pueri infantes credunt signa omnia ahena
> Vivere et esse homines : sic isti omnia ficta
> Vera putant; etc.

Sur quoi le bon Lactance, qui ne pensait pas se faire son procès à lui-même, ajoute, avec beaucoup de sens, que les enfants sont plus excusables que les hommes faits :

> Illi enim simulacra homines putant esse, hi Deos.

L'homme juge toujours des choses par les rapports qu'elles ont avec lui. C'est bête... Le jeune homme se perd dans un tas de projets comme s'il devait vivre mille ans... Le vieillard qui a usé la vie est inquiet et triste. Son importune envie ne voudrait pas que la jeunesse l'usât à son tour... Il crie : Tout est vanité! — Oui, tout est vain sans doute... et cette manie, cette inquiétude, cette fausse philosophie venue malgré toi, lorsque tu ne peux plus remuer, est plus vaine encore que tout le reste.

Des opinions puissantes, un vaste échafaudage politique ou religieux a souvent été produit par une idée sans fondement, une rêverie, un vain fantôme,

Comme on feint qu'au printemps d'amoureux aiguillons
La cavale agitée erre dans les vallons,
Et, n'ayant d'autre époux que l'air qu'elle respire,

Devient épouse et mère au souffle du zéphire.

Une des causes des erreurs primitives, c'est que l'on prend pour principe ce qui ne l'est pas.

Ne pas oublier de parler de la magie et des sorciers qui ont été mis à mort comme tels et de leur aveu.

Après une courte mais brûlante description des cruautés super-stitieuses, s'écrier avec une impitoyable ironie : Bien, bien, mes amis, égorgez vos frères parce qu'ils ne pensent pas comme vous, que... un torrent de bêtises.

Origine des sottises religieuses... L'homme, égaré de la voie, effrayé de quelques phénomènes terribles, se jeta dans toutes les superstitions. Le feu, les démons. Cornes, griffes, queue... Ainsi le voyageur, dans les terreurs de la nuit, regarde et voit dans les nuages des centaures, des lions, des dragons et mille autres formes fantastiques. Les superstitions prirent la teinture de l'es-prit des peuples, c'est-à-dire des climats. Rapide multitude d'exemples. Mais l'imitation et l'autorité changent le caractère ; de là souvent un peuple qui aime à rire ne voit que diables et qu'enfer.

Lorsqu'il sera question des sacrifices humains, ne pas oublier ce qu'on a partout appelé les jugements de Dieu. Les fers rouges, l'eau bouillante, les combats particuliers. Que d'hommes dans tous les pays ont été immolés pour un éclat de tonnerre ou telle autre cause! Cette manie de croire que les dieux avaient l'œil sur toutes les petites disputes, et qu'aux plus frivoles occasions un miracle viendrait violer les lois de la nature,

Partout sur des autels j'entends mugir Apis,
Bêler le dieu d'Ammon, aboyer Anubis.

Les premiers hommes sacrifiaient de l'herbe. — V. Grævius sur Hésiode, p. 40. Et là même un morceau du livre de Por-phyre, de l'abstinence de la chair des animaux.

La vie humaine, errante, et vile, et méprisée,

Sous la religion gémissait écrasée

. . . .

De son horrible aspect menaçait les humains.
Un Grec fut le premier dont l'audace affermie
Leva des yeux mortels sur l'idole ennemie.
Rien ne put l'étonner. Et ces dieux tout-puissants,
Cet Olympe, ces feux et ces bruits menaçants
Irritaient son courage à rompre la barrière
Où, sous d'épais remparts, obscure et prisonnière,
La nature en silence étouffait sa clarté.
Ivre d'un feu vainqueur, son génie indompté,
Loin des murs enflammés qui renferment le monde,
Perça tous les sentiers de cette nuit profonde,
Et de l'immensité parcourut les déserts;
Il nous dit quelles lois gouvernent l'univers,
Ce qui vit, ce qui meurt, et ce qui ne peut être.
La religion tombe et nous sommes sans maître;
Sous nos pieds à son tour elle expire; et les cieux
Ne feront plus courber nos fronts victorieux.

L'auteur eût placé à la fin du deuxième chant :

*Les hommes réunis en société commencèrent à avoir des lois
simples... Pour les mariages entre autres; car auparavant
l'homme...*

Et quand sa faim vorace, au pied d'un chêne antique,
Avait su du vil gland tombé de ses rameaux
Disputer la pâture aux plus vils animaux,
Un besoin plus terrible, une faim plus brûlante,
Livrait à ses efforts une esclave tremblante
Qui, bientôt de ses bras chassée avec horreur,

Allait d'un nouveau maître assouvir la fureur.
Mais sitôt que Cérès par des lois salutaires
Des humains réunis fit un peuple de frères,
Alors . . . .
Une foi mutuelle unit les hyménées.

A la fin...
Cérès, Triptolème, Osiris, etc... Bacchus.
       Plenis spumat vindemiæ labris*.
*Cérès législatrice. Legiferæ Cereri. Virg. *.*

(Tout à la fin.)

La guerre, affreux objet des larmes maternelles.

*Insolabiliter deflebimus, etc... Parler là ou ailleurs au se-
cond chant de tous les rites mortuaires, cheveux coupés sur la
tombe, effusions de vin, etc.*

Superstition.

'Εν τῷ περὶ δεισιδαιμονίας... *Mais quoi! tant de grands
hommes ont cru tout cela?... — Avez-vous plus d'esprit, de sens,
de savoir?... — Non; mais voici une source d'erreur bien ordi-
naire... Beaucoup d'hommes invinciblement attachés aux préjugés
de leur enfance mettent leur gloire, leur piété à prouver aux
autres un système avant de se le prouver à eux-mêmes. Ils
disent : Ce système, je ne veux point l'examiner pour moi... Il
est vrai, il est incontestable, et, de manière ou d'autre, il faut
que je le démontre... Alors... plus ils ont d'esprit, de pénétra-
tion, de savoir, plus ils sont habiles à se faire illusion, à inventer, à unir, à colorer des sophismes, à tordre et défigurer tous
les faits pour en étayer leur échafaudage... et pour ne citer
qu'un exemple et un grand exemple, il est bien clair que dans*

tout ce qui regarde la métaphysique et la religion, Pascal n'a jamais suivi d'autre méthode.

Superstition... de lucis. (Voy. Pline*).

Les oracles des dieux, le destin, l'avenir,
Vont habiter l'Épire et ses chênes prophètes.

L'Imaüs et l'Atlas, le Caucase aux cent têtes.

(Ce vers, qui rime avec l'autre, peut le suivre en commençant une autre phrase, ou être mis ailleurs comme je l'ai indiqué.)

Parmi les phénomènes naturels dont ils avaient peur et les moyens ridicules qu'ils imaginèrent pour s'en délivrer, ne pas oublier le bruit qu'on faisait pour secourir la lune dans ses éclipses*.

TROISIÈME CHANT.

Les Sociétés.

Comparer les premiers hommes civilisés, qui vont civiliser leurs frères sauvages, aux éléphants privés qu'on envoie apprivoiser les farouches, et par quels moyens ces derniers.

Les pagodes souterraines, sur lesquelles il faut voir M. Sonnerat*, sont les habitacles des Septentrionaux qui arrivaient dans le Midi et fuyaient sous terre les fureurs du soleil.

Agriculture.

L'auteur a ainsi marqué : γεωπον., le manuscrit qui contient le thème de ce qu'il devait dire sur l'agriculture : γεωπονία.

Que l'agriculture est la seule vraie richesse... Sachez découvrir les vérités que les antiques sages ont couvertes de l'enveloppe des fables. Rappelez-vous Érysichthon, l'ennemi de Cérès*. Il outragea la déesse, il la bannit de ses États. Il défendit à la faux de couper le froment, au soc de tracer des sillons fertiles, aux champs de se couvrir des moissons dorées... Bientôt la dévorante faim... Il mangea, dévora, engloutit tout*.... Il fut réduit à vendre ses enfants... il fut réduit enfin à se dévorer lui-même. Ainsi les États...

Après la description de la fête agricole de la Chine, s'écrier : O peuples de la terre, accourez, venez vivre en famille, venez...

Exposé du contrat social et des principes des gouvernements. — Très-rapide.

Morale[1].

Il croit (aveugle erreur !) que de l'ingratitude
Un peuple tout entier peut se faire une étude,
L'établir pour son culte, et de dieux bienfaisants
Blasphémer de concert les augustes présents.

Législation.

Avec l'explication du mécanisme de l'esprit humain... là gît...
là, l'esprit des lois... là, dorment... Les lois... Ce sont elles qui
sont rois : les rois sont leurs ministres.

Descends, œil éternel, tout clarté, tout lumière !
Viens luire dans son âme, éclairer sa paupière,
Pénétrer avec lui dans le cœur des humains ;
De ce grand labyrinthe ouvre-lui les chemins.
Qu'il aille interroger ses plus sombres retraites,
Voir de tous leurs pensers les racines secrètes.
Fais, de leurs passions, à ses doctes efforts,
Tenter, étudier, compter tous les ressorts.
Qu'un charme, en ses discours, flatte, entraîne, ravisse.
Fais régner sur les cœurs sa voix législatrice,
Pour qu'il les puisse instruire à vivre plus heureux ;
Les unir de liens qui semblent nés pour eux ;
Étayer leur faiblesse et diriger leur force ;

1. Le manuscrit porte : *Sur les Ethiop.*

De l'honnête et du beau leur présenter l'amorce.
Car si pour magistrats les lois ont des bourreaux,
Si leur siége sanglant est sur des échafauds,
La crainte sur les cœurs n'a qu'un pouvoir fragile.
Et qu'espérer de grand chez un peuple servile,
Lâche, à se mépriser en naissant façonné,
Avili par ses lois dès l'instant qu'il est né?
Par ses lois! Le poison que son trépas va suivre,
Infecte l'aliment qui dût le faire vivre.
Toujours un grand supplice en amène un plus grand.
Plus la loi fait d'efforts, plus son pouvoir mourant
S'éteint. L'empire fuit dès que Thémis farouche
N'a que flammes, gibets, tortures à la bouche.
Elle lutte, on résiste. Et ce fatal combat
Use l'âme du peuple et les nœuds de l'État.
Sous une loi de sang un peuple est sanguinaire.
Quand d'un crime léger la mort est le salaire,
Tout grand forfait est sûr. Débile à se venger,
La loi ne prévient plus même un crime léger.
La balance est en nous. Le pouvoir d'un caprice
N'a point fondé les droits, la raison, la justice :
Ils sont nés avec l'homme et ses premiers liens.
Tel crime nuit aux mœurs, aux droits des citoyens,
Trouble la paix publique, outrage la nature;
A ce modèle inné que la loi les mesure :
Que le coupable ingrat soit exclus de jouir
Des mêmes biens communs qu'il osait envahir;
Qu'à tous les yeux, aux siens, par une loi certaine
La nature du crime en indique la peine.
Clairvoyantes alors, les lois dans le danger

N'apportent point au mal un remède étranger.
La peine, du forfait compagne involontaire,
N'est qu'un juste équilibre, un talion sévère
Que n'épouvante point le scélérat puissant,
Que n'ensanglante point la mort de l'innocent.

La loi, dans les esprits, se glisse, s'insinue,
Les fait penser comme elle et fascine la vue.
Ce qu'elle dit supplice est supplice tout prêt;
Ce qu'elle nomme un prix est un prix en effet.
Je veux qu'aux citoyens, la justice vengée,
L'honneur d'avoir bien fait, la patrie obligée,
Les regards du sénat, des enfants, des aïeux,
Soient un triomphe cher qui les élève aux cieux.
Je veux que leur bourreau soit la honte ennemie;
Leurs peines, le mépris; le blâme, l'infamie;
Que l'arbre, le rocher, le ciel, les éléments,
Appelés à témoin de la foi des serments,
Soient les juges secrets qui, dans l'âme parjure,
Portent d'un long tourment l'implacable morsure.
Mais cet état surtout porte empreint sur le front
Du père de ses lois l'esprit vaste et profond,
Où par intérêt même on devient magnanime;
Où la misère marche à la suite du crime;
Où par la faim, la soif, le vice est combattu;
Où l'on ne vit heureux qu'à force de vertu.

Politique *.

Les écrits des sages, des législateurs, guident leurs descendants dans l'étude du cœur humain. Comme un jour les pilotes auront la carte marine de leurs prédécesseurs qui leur indiquera la route. Là est un courant dangereux, là un banc de sable, et là un écueil... C'est cette forme qu'il faut suivre.

Quand les mœurs ont pris un mauvais cours, moyen de les changer imperceptiblement... Cela demande des efforts, mais ensuite cela va tout seul comme un fleuve que l'on fait changer de lit.

Il faudrait, quand les temps et les circonstances ont changé, changer quelque chose de la loi. C'est en suivre l'esprit. Comme les fleuves font des circuits quand ils rencontrent des angles.

Gardez que dans votre république il ne puisse s'élever des citoyens plus grands que les autres. Gouffres usurpateurs qui dépeuplent, affament, engloutissent un État... Comme dans des forêts plantées de diverses sortes d'arbres, les chênes sucent la substance des arbrisseaux, les affament, les engloutissent, et sur leur ruine élèvent jusqu'au ciel d'ambitieux rameaux usurpateurs.

. . . .

. . . .

Chassez de vos autels, juges vains et frivoles,
Ces héros conquérants, meurtrières idoles ;
Tous ces grands noms, enfants des crimes, des malheurs,
De massacres fumants, teints de sang et de pleurs.
Venez tomber aux pieds de plus nobles images :
Voyez ces hommes saints, ces sublimes courages,
Héros dont les vertus, les travaux bienfaisants,
Ont éclairé la terre et mérité l'encens ;

Qui, dépouillés d'eux-même et vivant pour leurs frères,
Les ont soumis au frein des règles salutaires,
Au joug de leur bonheur; les ont faits citoyens;
En leur donnant des lois leur ont donné des biens,
Des forces, des parents, la liberté, la vie;
Enfin qui d'un pays ont fait une patrie.
Et que de fois pourtant leurs frères envieux
Ont d'affronts insensés, de mépris odieux,
Accueilli les bienfaits de ces illustres guides,
Comme dans leurs maisons ces animaux stupides
Dont la dent méfiante ose outrager la main
Qui se tendait vers eux pour apaiser leur faim!
Mais n'importe; un grand homme au milieu des supplices
Goûte de la vertu les augustes délices.
Il le sait : les humains sont injustes, ingrats.
Que leurs yeux un moment ne le connaissent pas;
Qu'un jour entre eux et lui s'élève avec murmure
D'insectes ennemis une nuée obscure;
N'importe, il les instruit, il les aime pour eux.
Même ingrats, il est doux d'avoir fait des heureux.
Il sait que leur vertu, leur bonté, leur prudence,
Doit être son ouvrage et non sa récompense,
Et que leur repentir, pleurant sur son tombeau,
De ses soins, de sa vie, est un prix assez beau.
Au loin dans l'avenir sa grande âme contemple
Les sages opprimés que soutient son exemple;
Des méchants dans soi-même il brave la noirceur :
C'est là qu'il sait les fuir; son asile est son cœur.
De ce faîte serein, son Olympe sublime,
Il voit, juge, connaît. Un démon magnanime

Agite ses pensers, vit dans son cœur brûlant,
Travaille son sommeil actif et vigilant,
Arrache au long repos sa nuit laborieuse,
Allume avant le jour sa lampe studieuse,
Lui montre un peuple entier, par ses nobles bienfaits,
Indompté dans la guerre, opulent dans la paix,
Son beau nom remplissant leur cœur et leur histoire,
Les siècles prosternés au pied de sa mémoire.

Par ses sueurs bientôt l'édifice s'accroît.
En vain l'esprit du peuple est rampant, est étroit,
En vain le seul présent les frappe et les entraîne,
En vain leur raison faible et leur vue incertaine
Ne peut de ses regards suivre les profondeurs,
De sa raison céleste atteindre les hauteurs;
Il appelle les dieux à son conseil suprême.
Ses décrets, confiés à la voix des dieux même,
Entraînent sans convaincre, et le monde ébloui
Pense adorer les dieux en n'adorant que lui.
Il fait honneur aux dieux de son divin ouvrage.
C'est alors qu'il a vu tantôt à son passage
Un buisson enflammé recéler l'Éternel ;
C'est alors qu'il rapporte, en un jour solennèl,
De la montagne ardente et du sein du tonnerre,
La voix de Dieu lui-même écrite sur la pierre ;
Ou c'est alors qu'au fond de ses augustes bois
Une nymphe l'appelle et lui trace des lois,
Et qu'un oiseau divin, messager de miracles,
A son oreille vient lui dicter des oracles.
Tout agit pour lui seul, et la tempête et l'air,

Et le cri des forêts, et la foudre et l'éclair ;
Tout. Il prend à témoin le monde et la nature ;
Mensonge grand et saint! glorieuse imposture,
Quand au peuple trompé ce piége généreux
Lui rend sacré le joug qui doit le rendre heureux!

Il n'y a qu'un peuple vertueux qui puisse être et rester libre.
Pour goûter la liberté, il ne faut pas aimer le repos et la mol-
lesse. L'esclavage est plus paisible que la liberté.
   Il serait même dangereux de donner des lois à un peuple qui
ne serait pas mûr. On nourrit l'enfant avec du lait d'abord, et le
lourd boucher ne charge point son bras. Après le morceau sur
les législateurs, il faut observer qu'il est impossible d'avoir une
bonne constitution sitôt qu'on est réuni en société; qu'il serait
nuisible qu'un grand législateur naquit alors ; que cela est même
impossible, attendu qu'il ne naît point des hommes d'un génie
sublime et éclairé parmi des hommes absolument aveugles. Il y
a un rapport... Il faut que tout un peuple se perfectionne et
s'éclaire pour produire un individu plus parfait et plus éclairé.

Le fisc insatiable engloutit les fortunes ;
Les lois . . . .
Leurs décrets sont la toile où l'avide Arachné
Arrête un faible insecte au passage enchaîné.
Un insecte plus fort, bravant son stratagème,
Vole, brise sa trame, et l'emporte elle-même.

. . . .

. . . .

Tels des insectes vils, la nuit, sortent sans nombre
Des retraites du bois d'un lit muet et sombre,
Et sur l'homme endormi, sur ses bras, sur son flanc,
Rampent, courent en foule, et lui sucent le sang.

Imprudent et malheureux l'état où il se fait différentes asso-
ciations, différents corps dont les membres, en y entrant, prennent
un esprit et des intérêts différents de l'esprit et de l'intérêt géné-
ral. Heureux le pays où il n'y a d'autre association que l'État,
d'autre corps que la patrie, d'autre intérêt que le bien commun;
où toutes les institutions rapprochent les hommes, sans qu'aucune
les divise; où chaque citoyen, à la fois sujet et souverain, por-
tant tour à tour la balance des lois, l'encensoir et l'épée, ne
transmet à ses enfants que l'exemple d'être citoyen.

Vient ensuite la comparaison suivante, qui se rattache à un
morceau que l'auteur avait alors dans l'esprit et qu'il n'a point
écrit :

... Comme celui qui va s'endormir... il a déjà la tête sur son
oreiller, il va s'endormir; une foule de pensers voltigent dans
son cerveau. Tout à coup il se réveille, il veut les rattraper;
mais elles ont disparu sans laisser aucune trace. Il les cherche,
les cherche, les poursuit; mais il ne peut les atteindre; et il s'en-
dort, et elles sont perdues pour jamais.

Tout ce qui concerne la politique devait être terminé par
un morceau sur la paix générale; mais avant, l'auteur devait
employer le fragment qui suit, en tête duquel il a écrit entre
parenthèses : *Ce morceau doit être placé immédiatement avant le*
dernier sur la paix générale.

Soyons lents à décider qu'une chose est impossible. Je me suis
souvent occupé d'une rêverie... Si, lorsque les humains, mêlés
avec les animaux et entièrement leurs égaux, rampaient et ne
s'élevaient pas au-dessus de l'instinct le plus brute, si, dis-je,
alors un ange, un esprit immortel était venu faire connaître à
l'un d'eux que la terre où il était, n'était pas une table, mais un
globe qui faisait telle et telle révolution, et, enfin, lui apprendre
toutes les vérités physiques dont la nature a depuis accordé la
découverte aux travaux des plus beaux génies...

Puis, s'il eût ajouté : « Tu vois tous ces secrets

Que toi-même étais né pour ne savoir jamais;
Un jour tout ce qu'ici ma voix vient de te dire,
D'eux-mêmes, sans qu'un dieu soit venu les instruire,
Tes pareils le sauront. Tes pareils les humains
Trouveront jusque-là d'infaillibles chemins.
Ces astres que tu vois épars dans l'étendue,
Ces immenses soleils si petits à ta vue,
Ils sauront leur grandeur, leurs immuables lois,
Mesurer leur distance, et leur cours, et leur poids;
Ils traceront leur forme, ils en feront l'histoire; »
Jamais, je vous le jure, il ne l'eût voulu croire.

Oh! puisse-t-elle donc venir cette paix, etc...

Invention des Sciences.

Que de générations l'une sur l'autre entassées, dont l'amas

Sur les temps écoulés, invisible et flottant,
A tracé dans cette onde un sillon d'un instant

. . . .

Avant que des États la base fût constante,
Avant que de pouvoir, à pas mieux assurés,
Des sciences, des arts monter quelques degrés,
Du temps et du besoin l'inévitable empire
Dut avoir aux humains enseigné l'art d'écrire.
D'autres arts l'ont poli; mais aux arts, le premier,
Lui seul des vrais succès put ouvrir le sentier.
Sur la feuille d'Égypte ou sur la peau ductile,

Même un jour sur le dos d'un albâtre docile,
Au fond des eaux formé des dépouilles du lin,
Une main éloquente, avec cet art divin,
Tient, fait voir l'invisible et rapide pensée,
L'abstraite intelligence et palpable et tracée;
Peint des sons à nos yeux, et transmet à la fois
Une voix aux couleurs, des couleurs à la voix.

Quand des premiers traités la fraternelle chaîne
Commença d'approcher, d'unir la race humaine,
La terre et de hauts monts, des fleuves, des forêts,
Des contrats attestés garants sûrs et muets,
Furent le livre auguste et les lettres sacrées
Qui faisaient lire aux yeux les promesses jurées.
Dans la suite peut-être ils voulurent sur soi
L'un de l'autre emporter la parole et la foi;
Ils surent donc, broyant de liquides matières,
L'un sur l'autre imprimer leurs images grossières,
Ou celle du témoin, homme, plante ou rocher,
Qui vit jurer leur bouche et leurs mains se toucher.
De là dans l'Orient ces colonnes savantes,
Rois, prêtres, animaux peints en scènes vivantes,
De la religion ténébreux monuments,
Pour les sages futurs laborieux tourments,
Archives de l'État, où les mains politiques
Traçaient en longs tableaux les annales publiques.
De là, dans un amas d'emblèmes captieux,
Pour le peuple ignorant monstre religieux,
Des membres ennemis vont composer ensemble
Un seul tout, étonné du nœud qui les rassemble;

Un corps de femme au front d'un aigle enfant des airs
Joint l'écaille et les flancs d'un habitant des mers.
Cet art simple et grossier nous a suffi peut-être
Tant que tous nos discours n'ont su voir ni connaître
Que les objets présents dans la nature épars,
Et que tout notre esprit était dans nos regards.
Mais on vit, quand vers l'homme on apprit à descendre,
Quand il fallut fixer, nommer, écrire, entendre
Du cœur, des passions les plus secrets détours,
Les espaces du temps ou plus longs ou plus courts,
Quel cercle étroit bornait cette antique écriture.
Plus on y mit de soins, plus incertaine, obscure,
Du sens confus et vague elle épaissit la nuit.
Quelque peuple à la fin, par le travail instruit,
Compte combien de mots l'héréditaire usage
A transmis jusqu'à lui pour former un langage.
Pour chacun de ces mots un signe est inventé,
Et la main qui l'entend des lèvres répété
Se souvient d'en tracer cette image fidèle;
Et sitôt qu'une idée inconnue et nouvelle
Grossit d'un mot nouveau ces mots déjà nombreux,
Un nouveau signe accourt s'enrôler avec eux.

C'est alors, sur des pas si faciles à suivre,
Que l'esprit des humains est assuré de vivre.
C'est alors que le fer à la pierre, aux métaux,
Livre, en dépôt sacré pour les âges nouveaux,
Nos âmes et nos mœurs fidèlement gardées,
Et l'œil sait reconnaître une forme aux idées.
Dès lors des grands aïeux les travaux, les vertus

Ne sont point pour leurs fils des exemples perdus.
Le passé du présent est l'arbitre et le père,
Le conduit par la main, l'encourage, l'éclaire.
Les aïeux, les enfants, les arrière-neveux,
Tous sont du même temps, ils ont les mêmes vœux.
La patrie, au milieu des embûches, des traîtres,
Remonte en sa mémoire, a recours aux ancêtres,
Cherche ce qu'ils feraient en un danger pareil,
Et des siècles vieillis assemble le conseil.

*On peut comparer les sages instruits et savants, qui éclairent
ceux qui viennent après, à la queue étincelante des comètes.*

L'homme après l'invention de la navigation et du commerce :

La terre est son domaine et, possesseur ardent,
Il court, juge, voit tout comme le fils prudent
Qui va de ses aïeux visiter l'héritage,
Et parcourt tous les biens laissés pour son partage.

*Parler enfin prophétiquement de la découverte du nouveau
monde. O destins, hâtez-vous d'amener ce grand jour qui...
qui...; mais non; destins, éloignez ce jour funeste, et, s'il se
peut, qu'il n'arrive jamais ce jour qui... qui... etc.*

En parlant du passage de Gama aux Indes, en vain :

Des derniers Africains le cap noir de tempêtes.

*On erre longtemps, on est curieux, on lit des fables, on est
content, on s'en dégoûte, on cherche la vérité, on la trouve enfin.*

. . . . La science
Porte. . . . . son austère compas;
La balance à la main, le doute suit ses pas;
L'expérience alors, de siècles entourée,

S'avance lentement . . . .

Cherche, examine, pose une loi première, évidente à tous les hommes, et on tient un anneau de la chaine.
Le génie invente un système... et cherche à le poser sur des fondements solides...

Et l'étude aux yeux creux, au front chargé de rides,
Y promène longtemps son austère compas.

La science veut, non contente d'admirer et la forme et l'ouvrage :
Connaitre la matière et voir agir la main.

Système du monde.

Quand plusieurs observations astronomiques eurent été faites et confirmées par les sages qui étaient toujours les prêtres des dieux, dans l'Orient, on en fit des représentations dans les temples. C'est-à-dire que dans des danses sacrées on imita la direction, la figure et les diverses évolutions de cette danse céleste... Depuis il y a eu de même les chœurs des tragédies grecques et la danse des derviches.

Mais ces soleils assis dans leur centre brûlant,
Et chacun roi d'un monde autour de lui roulant,
Ne gardent point eux-mêmes une immobile place.
Chacun avec son monde emporté dans l'espace*,
Ils cheminent eux-même : un invincible poids
Les courbe sous le joug d'irrésistibles lois,
Dont le pouvoir sacré, nécessaire, inflexible,
Leur fait poursuivre à tous un centre irrésistible.

. . . .

. . . .

L'océan éternel où bouillonne la vie.

. . . .

. . . .

. . . .

Ainsi, quand de l'Euxin la déesse étonnée
Vit du premier vaisseau son onde sillonnée,
Aux héros de la Grèce, à Colchos appelés,
Orphée expédiait les mystères sacrés *
Dont sa mère immortelle avait daigné l'instruire.
Près de la poupe assis, appuyé sur sa lyre,
Il chantait quelles lois à ce vaste univers
Impriment à la fois des mouvements divers;
Quelle puissance entraîne ou fixe les étoiles;
D'où le souffle des vents vient animer les voiles;
Dans l'ombre de la nuit quels célestes flambeaux
Sur l'aveugle Amphitrite éclairent les vaisseaux.
Ardents à recueillir ces merveilles utiles,
Autour du demi-dieu les princes immobiles
Aux accents de sa voix demeuraient suspendus,
Et l'écoutaient encor quand il ne chantait plus.

. . . .

. . . .

Dans nos vastes cités, par le sort partagés,
Sous deux injustes lois les hommes sont rangés :
Les uns, princes et grands, d'une avide opulence
Étalent sans pudeur la barbare insolence;
Les autres, sans pudeur, vils clients de ces grands,
Vont ramper sous les murs qui cachent leurs tyrans,

Admirer ces palais aux colonnes hautaines
Dont eux-même ont payé les splendeurs inhumaines,
Qu'eux-même ont arrachés aux entrailles des monts,
Et tout trempés encor des sueurs de leurs fronts.

Moi, je me plus toujours, client de la nature,
A voir son opulence et bienfaisante et pure,
Cherchant loin de nos murs les temples, les palais
Où la Divinité me révèle ses traits,
Ces monts, vainqueurs sacrés des fureurs du tonnerre,
Ces chênes, ces sapins, premiers-nés de la terre ;
Les pleurs des malheureux n'ont point teint ces lambris.
D'un feu religieux le saint poëte épris
Cherche leur pur éther et plane sur leur cime.
Mer bruyante, la voix du poëte sublime
Lutte contre les vents, et tes flots agités
Sont moins forts, moins puissants que ses vers indomptés.
A l'aspect du volcan, aux astres élancée,
Luit, vole avec l'Etna, la bouillante pensée.

Heureux qui sait aimer ce trouble auguste et grand :
Seul, il rêve en silence à la voix du torrent
Qui le long des rochers se précipite et tonne ;
Son esprit en torrent et s'élance et bouillonne.
Là, je vais dans mon sein méditant à loisir
Des chants à faire entendre aux siècles à venir ;
Là, dans la nuit des cœurs qu'osa sonder Homère,
Cet aveugle divin et me guide et m'éclaire.
Souvent mon vol, armé des ailes de Buffon,
Franchit avec Lucrèce, au flambeau de Newton,

La ceinture d'azur sur le globe étendue.
Je vois l'être et la vie et leur source inconnue,
Dans les fleuves d'éther tous les mondes roulants.
Je poursuis la comète aux crins étincelants,
Les astres et leurs poids, leurs formes, leurs distances ;
Je voyage avec eux dans leurs cercles immenses.
Comme eux, astre, soudain je m'entoure de feux ;
Dans l'éternel concert je me place avec eux :
En moi leurs doubles lois agissent et respirent ;
Je sens tendre vers eux mon globe qu'ils attirent.
Sur moi qui les attire ils pèsent à leur tour.
Les éléments divers, leur haine, leur amour,
Les causes, l'infini s'ouvre à mon œil avide.
Bientôt redescendu sur notre fange humide,
J'y rapporte des vers de nature enflammés,
Aux purs rayons des dieux dans ma course allumés.
Écoutez donc ces chants d'Hermès dépositaires,
Où l'homme antique, errant dans ses routes premières,
Fait revivre à vos yeux l'empreinte de ses pas.
Mais dans peu, m'élançant aux armes, aux combats,
Je dirai l'Amérique à l'Europe montrée ;
J'irai dans cette riche et sauvage contrée
Soumettre au Mançanar le vaste Maranon *.
Plus loin dans l'avenir je porterai mon nom,
Celui de cette Europe en grands exploits féconde,
Que nos jours ne sont loin des premiers jours du monde.

Emblèmes antiques, dont on peut choisir quelques-uns pour les employer in △. (dans Hermès.)
Apollo pacifer in inscript. antiq. (V. *Broukus. in Tib.*, p. 269 *.)

Il renvoie à l'édition de Tibulle donnée par Broukusius, in-4, 1708, où l'on trouve, à la page indiquée, deux inscriptions antiques dans lesquelles Apollon est appelé *pacifer*, pacificateur : *Apollini pacifero*.

Plus loin il met :

Apollon bâtisseur de villes. Et il indique comme source : *Spanheim dans ses commentaires sur Callimaque, page 80* (de l'édition en 2 volumes in-8, de 1697, et page 114 de l'édition de 1761).

Bacchus, fils de Cérès, dans les vers orphiques, id., p. 705. — C'est-à-dire Commentaires de Spanheim sur Callimaque, p. 705 de l'édition de 1697, et p. 793 de l'édition de 1761.

Bacchus, regardé comme l'inventeur des semailles et de la charrue... Les Achéens lui sacrifiaient avec une couronne d'épis sur la tête. Id., ibid.

Voyez les Commentaires de Spanheim sur Callimaque à la page déjà citée.

Δημήτηρ θισμοφόρος...* Legiferæ Cereri*. *Virg. Spanh.*

La paix couronnée d'épis : At nobis pax alma veni spicamque teneto*. *Et dans une médaille que cite Spanheim sur Callimaque.*

Euripide et Hésiode appellent la paix κουροτρόφον, *qui nourrit la jeunesse*.

Enfin, le poëme d'Hermès devait être terminé par l'épilogue dont voici le canevas en prose, canevas qui fut ensuite presque en entier écrit en vers :

, Δ. Ἐπίλογ.

O mon Hermès, ô toi que j'ai travaillé pendant plusieurs années avec tant de plaisir... mon compagnon sur terre et sur mer, aujourd'hui quel sera ton destin ? Une mère longtemps déguisant ses alarmes veut elle-même armer son fils ; mais quand*

il faut partir, ses bras, ses faibles bras ne peuvent sans terreur
l'envoyer aux combats. Seul chez moi, jadis enfant, tu pouvais don-
ner un libre cours à ta langue libre et naïve. Mais... le men-
songe est puissant. Il règne ; dans ses mains luit un fer menaçant.
De la vérité pure il déteste l'approche. Il craint que son regard
ne lui fasse un reproche, que ses traits, sa candeur... tout
mensonge qu'il est, ne le fassent pâlir. Mais la vérité seule est
constante, éternelle. Le mensonge change et les hommes errent [1]
de mensonge en mensonge... Mais quand le temps aura précipité
dans l'abîme ce qui est aujourd'hui sur le faîte et que plusieurs
siècles se seront écroulés l'un sur l'autre, dans l'oubli, avec
tout l'attirail des préjugés qui appartiennent à chacun d'eux, pour
faire place à des siècles nouveaux et à des erreurs nouvelles...
alors peut-être... on verra si...; et si en écrivant j'ai connu
d'autre passion ·

Que l'amour des humains et de la vérité.

Δ. Ἐπίλ.

O mon fils, mon Hermès, ma plus belle espérance,
O fruit des longs travaux de ma persévérance,
Toi, l'objet le plus cher des veilles de dix ans,
Qui m'as coûté des soins et si doux et si lents ;
Confident de ma joie et remède à mes peines ;
Sur les lointaines mers, sur les terres lointaines,
Compagnon bien-aimé de mes pas incertains,
O mon fils, aujourd'hui quels seront tes destins ?
Une mère longtemps se cache ses alarmes :
Elle-même à son fils veut attacher ses armes ;
Mais quand il faut partir, ses bras, ses faibles bras

1. Variante : l'auteur a mis au-dessus de ce mot :
   Roulent éternellement.

Ne peuvent sans terreur l'envoyer aux combats.
Dans la France, pour toi, que faut-il que j'espère[1] ?
Jadis, enfant chéri, dans la maison d'un père
Qui te regardait naître et grandir sous ses yeux,
Tu pouvais, sans péril, disciple curieux,
Sur tout ce qui frappait ton enfance attentive[2]
Donner un libre essor à ta langue naïve[3].
Plus de père aujourd'hui ! le mensonge est puissant;
Il règne. Dans ses mains luit un fer menaçant.
De la vérité sainte il déteste l'approche.
Il craint que son regard ne lui fasse un reproche;
Que ses traits, sa candeur, sa voix, son souvenir,
Tout mensonge qu'il est, ne le fassent pâlir.
Mais la vérité seule est une, est éternelle[4].
Le mensonge varie; et l'homme, trop fidèle,
Change avec lui : pour lui les humains sont constants,
Et roulent de mensonge en mensonge flottants.

1. Le manuscrit porte une variante : la première pensée
de l'auteur était :

Ah ! que je crains pour toi ta franchise sincère ?

Mais ce vers a été rayé et remplacé par celui-ci :

Dans la France, pour toi, que faut-il que j'espère ?

2. La première pensée du poëte avait fait ainsi ce vers :

Sur tout ce qui frappait ton âme pure et vive.

3. L'auteur avait d'abord fait ce vers ainsi :

Donner un libre cours à ta langue naïve.

4. La première pensée, comme on l'a vu, était :

Mais la vérité seule est constante, éternelle.

. . . .
. . . .

Perdu, n'existant plus qu'en un docte cerveau,
Le français ne sera dans ce monde nouveau
Qu'une écriture antique et non plus un langage.
O, si tu vis encore, alors peut-être un sage
Près d'une lampe assis, dans l'étude plongé,
Te retrouvant poudreux, obscur, demi-rongé,
Voudra creuser le sens de tes lignes pensantes.
Il verra si, du moins, tes feuilles innocentes
Méritaient ces rumeurs, ces tempêtes, ces cris,
Qui vont sur toi sans doute éclater dans Paris*.

SUZANNE [1].

POEME EN SIX CHANTS.

PREMIER CHANT.

Je dirai l'innocence en butte à l'imposture,
Et le pouvoir inique, et la vieillesse impure,
L'enfance auguste et sage, et Dieu, dans ses bienfaits,
Qui daigne la choisir pour venger les forfaits.
O fille du Très-Haut, organe du génie,
Voix sublime et touchante, immortelle harmonie,
Toi qui fais retentir les saints échos du ciel
D'hymnes que vont chanter, près du trône éternel,
Les jeunes séraphins aux ailes enflammées;
Toi qui vins sur la terre aux vallons idumées
Répéter la tendresse et les transports si doux
De la belle d'Égypte et du royal époux;

1. Le poëme de *Suzanne* fut imprimé pour la première fois
en 1839; mais le premier éditeur, en 1819, avait eu un
instant le manuscrit entre les mains : ce qui explique pourquoi je n'ai pu conserver que le premier brouillon.

Et qui, plus fière, aux bords où la Tamise gronde,
As, depuis, fait entendre et l'enfance du monde,
Et le chaos antique, et les anges pervers,
Et les vagues de feu roulant dans les enfers,
Et des premiers humains les chastes hyménées,
Et les douceurs d'Éden sitôt abandonnées,
Viens; coule sur ma bouche, et descends dans mon cœur.
Mets sur ma langue un peu de ce miel séducteur[1]
Qu'en des vers tout trempés d'une amoureuse ivresse[2]
Versait du sage roi la langue enchanteresse;
Un peu de ces discours grands, profonds comme toi[*],
Paroles de délice ou paroles d'effroi
Aux lèvres de Milton incessamment écloses,
Grand aveugle dont l'âme a su voir tant de choses!

Le soleil avait fait plus de la moitié de son cours, et le jeune Joachim se préparait à sortir de Babylone. Tous les enfants de Juda, ses frères, l'attendaient, répandus sur les chemins, pour le combler de bénédictions. Il allait au golfe Persique apprendre le sort d'un vaisseau chargé des trésors d'Ophir; non qu'avide d'entasser de nouvelles richesses...; mais il soulageait la captivité de ses frères..., et ses vertus leur faisaient espérer que le ciel les ferait retourner dans leur patrie, aux bords du Jourdain. La fille d'Helcias, la belle Suzanne, son épouse, ne peut s'arracher de ses bras.

1. La première pensée du poëte lui avait d'abord donné ce vers tel qu'il est; puis il le refit ainsi :

   Mets sur ma lèvre un peu de ce miel séducteur.

   Puis il rétablit sa première idée en effaçant le mot *lèvre* et remettant le mot *langue*.

2. L'auteur avait fait ainsi ce vers primitivement :

   Qu'en des vers languissants d'une amoureuse ivresse.

Leurs adieux, leurs aimables discours. Il lui promet de revenir
sous peu de jours. (Sans oublier de parler déjà de la fille du
frère mort de Suzanne, qui la nommera sa sœur, enfant de dix
ans qui doit faire un rôle charmant dans cet ouvrage) Joachim
part. Tous ses esclaves, tous les Hébreux lui souhaitent un
heureux voyage et un prompt retour. Ils le voient partir avec
peine. Deux seulement s'en réjouissent : ce sont deux vieillards
pervers et méchants, juges du peuple et hypocrites de vertu. Leurs
anges, qui sont du nombre des anges que le Fils de Dieu préci-
pita dans les enfers, lorsque... (imiter Milton), ont fait parvenir
à Joachim de fausses alarmes, pour l'écarter et servir les desseins
des impudiques vieillards. L'un est un tel, l'autre est un tel. La
chaste et vertueuse beauté a allumé dans leurs cœurs une inces-
tueuse flamme. Le bonheur d'un couple de gens de bien a pro-
duit sur eux l'effet qu'il produit toujours sur des méchants : l'en-
vie et la rage de le troubler. Dès longtemps ils en cherchent les
moyens. Jadis, à l'insu l'un de l'autre, ils enfantaient les mêmes
projets. Depuis, les deux méchants se sont reconnus, et ils mé-
ditent ensemble leurs coupables desseins. Sous le voile de l'amitié,
ils se sont insinués chez Joachim. Ils le louent, ils lui demandent
ses conseils pour juger le peuple. Ainsi, chaque jour, ils repaissent
leurs infâmes regards de la vue de sa belle épouse, dont l'âme,
pure comme le ciel, leur savait gré de leur tendresse pour son
époux. Elle les reçoit avec un sourire, et ne soupçonne pas que
ses yeux puissent leur inspirer le crime :
   Comparer Suzanne à cet animal couvert d'une fourrure blanche
que les chasseurs poussent vers quelque marais fangeux...
Alors il recule... et se laisse prendre et tuer plutôt que d'y entrer
et de ternir sa robe blanche et pure.

. . . . et quand la nuit tranquille
Commençait de s'asseoir sur les tours de la ville,
Tous les deux, se glissant par des chemins divers,
Retournent vers ce toit où leur âme est aux fers [1].

  1. La première pensée du poëte était d'abord :
   Retournent vers ce toit où leur âme a des *fers.*

Au seuil de Joachim ils arrivent ensemble,
Se rencontrent. Chacun veut fuir, recule, tremble,
Craint les regards de l'autre, inquiet, incertain,
Confus de son silence. Et Manassès enfin :
« Mais, Séphar, je croyais qu'au sein de ta famille
Tu pressais dans tes bras et ta femme et ta fille[1].
J'attendais peu qu'ici, pour ne te rien celer... [2]
— Toi-même, dit Séphar, qui peut t'y rappeler ?
Joachim est absent, tu le sais... Dans ton âme,
Peut-être pensais-tu que l'amour de sa femme
L'a déjà, malgré lui... — Non, non, dit Manassès[3],
Pour un plus long séjour j'ai vu tous ses apprêts.
Je venais... Sur ce seuil c'est lui qui me rappelle.
Il se peut que déjà quelque esclave fidèle
Soit venu. » Mais Séphar sourit et l'interrompt,
Et d'un regard perçant, et secouant le front :
« Va, je sais quel projet t'amène et te tourmente ;
Joachim est absent, mais Suzanne est présente*.
Suzanne !... Manassès, tu l'aimes, je le voi.

1. Le manuscrit porte cette variante qui offre la première
pensée de l'auteur :

   Tu contemplais à table *et ta femme et ta fille.*

2. D'abord ce vers était ainsi fait :

   Et non que sur ce seuil, *à ne te rien celer...*

3. Le manuscrit donne pour première pensée du poëte ces
trois vers ainsi faits :

   Joachim est absent. A moins que, dans ton âme,
   Peut-être tu n'aies cru que l'amour de sa femme
   L'a déjà sur ses pas... — Non, non, dit Manassès.

Mais j'ai des yeux aussi ; je l'aime comme toi.
— Oui, tu dis vrai, Séphar ; oui, je l'aime. Et je doute
Que pour toi contre moi...— Tiens, Manassès, écoute[1] :
Nous régnons sur le peuple unis jusqu'aujourd'hui ;
C'est par là, tu le sais, que nous régnons sur lui.
Tu me hais, je te hais. Si tu veux me détruire,
Tu le peux. Si je veux, je puis aussi te nuire[2].
Mais, ennemis secrets ou sincères amis,
Toujours même intérêt nous force d'être unis.
Les attraits d'une femme ont fasciné ta vue :
A ses attraits aussi mon âme s'est émue.
Nous sommes vieux tous deux ; mais quel œil peut la voir
Sans petiller d'amour, de jeunesse, d'espoir ?
Ne soyons point jaloux. Faut-il qu'un de nous pleure ?
Pour qu'elle soit à l'un, faut-il que l'autre meure ?
Quand j'aurai de ma soif dans ses embrassements
Rassasié les feux et les emportements,
Envîrai-je qu'un autre, altéré de ma proie [*],
Aille aussi dans ses bras chercher la même joie ?
Va, tu peux sur sa bouche éteindre tes ardeurs,
J'y peux de mon amour épuiser les fureurs,
Sans qu'elle ait rien perdu de sa beauté suprême[3].

1. L'auteur avait d'abord fait ces deux vers ainsi :

Oui, Séphar, oui, je l'aime, et j'en fais gloire, et doute
Que tu veuilles sur moi... — *Tiens, Manassès, écoute.*

2. La première pensée du poëte était celle-ci :

Tu le peux. Je le peux. Si je voulais te nuire.

3. La première pensée du poëte était :

Sans qu'elle perde rien de sa beauté suprême.

Nous la retrouverons tout entière la même.
Aidons-nous : ce trésor peut suffire à tous deux ;
Elle possède assez pour faire deux heureux. »

Il dit, et sur les plis de leurs sombres visages
Éclate un noir sourire. « Oui, Séphar, soyons sages[1],
Dit Manassès. Aimons, ne soyons point amis ;
Et, pour tromper toujours, soyons toujours unis.
Laissons à l'inquiète et vaine adolescence
De ses amours jaloux l'enfantine imprudence.
Viens ; au sortir du temple où ces temps malheureux
Attirent plus souvent les timides Hébreux,
Nous irons concerter chez moi, dans le mystère,
Les moyens de séduire et de nous satisfaire. »

*Cependant on va au temple. Un jeune prophète éloquent, âgé
de quatorze ans (Daniel), y explique la loi. Il s'est rendu déjà
célèbre par sa liberté avec les rois et... Tout le peuple accourt....
Suzanne avec toute sa maison et sa jeune sœur... Description de
sa démarche et de sa contenance. Tout le peuple la respecte,
l'admire en la regardant marcher, et ils se disent l'un à l'autre :
« Certes, il n'y avait que Joachim qui méritât cette femme. Et
sans cette femme, il n'y avait point d'épouse pour Joachim ; »
et ils bénissent les cheveux blancs du bon Helcias, qui pleure de
joie en regardant sa fille. Le jeune prophète chante ainsi : « sur
la captivité des Juifs..., description ; et sur ce que l'iniquité des
hypocrites a été cause... » (imiter Milton et les livres juifs).
Suzanne rentre chez elle...; elle se couche..., et, dans l'absence de
son mari, on dresse à côté d'elle un lit pour sa jeune sœur... Son*

1. Le manuscrit offre cette variante :

   *Il dit, et sur les plis de leurs affreux visages
   Éclate un vil sourire. « Oui, Séphar, soyons sages.*

sommeil est troublé... Description... Elle se réveille...; elle
s'écrie : « Dieu! quelles agitations inquiètes! pourtant je suis
sans remords. Le crime, si le crime existe, est étranger à mon
cœur... » Son discours réveille sa jeune sœur qui dormait à côté
d'elle... Description de son doux et aimable sommeil... Son dis-
cours touchant et enfantin... « Si elle est malade... » (en tutoyant
comme dans tout l'ouvrage). Suzanne répond... Elle ne peut se
rendormir...; elle appelle son esclave chérie, qui se nomme...
Elle lui fait part de ses insomnies; elle veut descendre dans ses
jardins.

DEUXIÈME CHANT.

*Description délicieuse des jardins, la nuit... Les anges bienfai-
sants y voltigent : c'est l'air frais... Les mauvais anges, sous de
vilaines formes, serpents, autres... Là, Suzanne se promène avec
ses esclaves. Elles s'asseyent et chantent alternativement (imiter
le Cantique des cantiques). Au matin, elle se recouche... Là,
on peut mettre l'ange de Suzanne et les autres bons anges chan-
tant un court cantique à l'aurore. Celui de Suzanne va trouver
celui de la jeune sœur ; et, l'appelant mon frère... Ils auront
entendu les deux mauvais anges des vieillards se féliciter de ce que
Suzanne va souffrir ; ils s'avancent vers le trône de Dieu pour lire
dans sa volonté ; mais ils le voient toujours jeter des yeux de
bonté sur elle... — Les vieillards viennent le matin ; ils entrent
sans être vus, en se glissant... Ils se promènent longtemps dans
les jardins en rêvant à leurs projets, incertains, inquiets. Mais,
disent-ils, elle sourit quand nous arrivons... ; et puis, toutes les
femmes sont séduites, pourvu qu'on les flatte... Ils passent là
tout le jour...*

TROISIÈME CHANT.

Le soir, comme dans l'Écriture, elle vient se baigner... Elle renvoie une esclave... « Va, laisse-moi ici chanter à Dieu... » L'esclave obéit...

Et s'éloigne. — A loisir les infâmes vieillards *
S'enivrent quelque temps d'impudiques regards.
Ils attendent qu'au ciel la belle vertueuse
Offre les doux transports de son âme pieuse,
Qu'elle rêve à l'époux cher à son souvenir,
Que son esclave enfin n'ait plus à revenir :
Puis, comme deux serpents à l'haleine empestée,
Quittant les noirs détours d'une rive infectée,
Fondent sur un enfant qui dort au coin d'un bois,
Ainsi de leur retraite ils sortent à la fois,
Et sur elle avançant leur main vile et profane :
« Viens, sois à nous, ô belle, ô charmante Suzanne!
Viens. Nul mortel ne sait qu'en ce bois écarté
Nous avons... » A ce bruit, l'innocente beauté
Rougit, tremble, pâlit, se retourne, s'étonne,
Se courbe, au fond de l'eau se plonge, s'environne,
Et mourante, ses bras contre son sein pressés *,
Et ses yeux, et ses cris vers le ciel élancés :
« Dieu! grand Dieu! sauve-moi; grand Dieu! Dieu secourable!
Couvre-moi d'un rempart, d'un voile impénétrable;

Tonne, ouvre-moi la terre, ouvre-moi les enfers.
Cache-moi dans ton sein. Sur eux, sur ces pervers,
Jette l'aveuglement, la nuit, la nuit subite
Dont tu frappas jadis une ville maudite.
Dieu! grand Dieu!... » Les vieillards, inquiets, frémissants,
Lui murmurent tout bas vingt discours menaçants.
Ils iront; des jardins ils ouvriront la porte;
Ils sauront appeler une nombreuse escorte;
Ils diront qu'en ce lieu conduits par des hasards,
Suzanne dans le crime a frappé leurs regards.
« Oui, crains notre vengeance; obéis, tais-toi, cède[1]. »
Mais sans les écouter : « Grand Dieu! viens à mon aide,
Dieu juste, anges du ciel, criait-elle toujours,
Joachim! Joachim! oh! viens à mon secours! »

Son esclave fidèle vole... ; mais un des vieillards avait déjà ouvert la porte, il était revenu, et tous deux... « Nous venions nous informer de Joachim... ; nous t'avons trouvée dans les bras d'un jeune homme... La loi! O malheureux Joachim! » Ils partent... La belle accusée baisse la tête et ne verse point de larmes... Son esclave, anéantie, sans voix, s'approche pour la soutenir... « Eh quoi! veux-tu encore me rendre ce service à moi, malheureuse accusée, surprise dans le crime?... » Ici les larmes, les sanglots... « Non, non! fille d'Helcias, dit l'esclave, non, tu n'es point coupable... » Elles marchent... La jeune sœur, qui les voit arriver, l'une laissant tomber quelques larmes, l'autre noyée de pleurs, pleure aussi et s'informe... Suzanne se renferme... Son esclave lui lit, dans le volume sacré, Joseph vendu et devenu grand, Moïse sauvé des eaux, et d'autres exemples qu'elle écoute en silence, les yeux au ciel...

1. Le manuscrit donne cette première pensée du poëte :
Oui, tremble, tais-toi, cède, ou crains notre vengeance.

QUATRIÈME CHANT.

Mais les vieillards ont parlé au peuple... « Peuple, un grand malheur est arrivé!... La fille d'Helcias, l'épouse de Joachim, Suzanne, est adultère!... Nous l'avons vue!... La loi!... » Le peuple, toujours crédule, dupe de leur fausse vertu, d'ailleurs toujours prompt à haïr ce qu'il est forcé d'admirer, s'assemble en tumulte devant la maison... Les vieillards arrivent; les esclaves menacent; mais les vieillards disent qu'ils apportent des paroles de paix. Ils entrent et demandent à lui parler seuls. Sans répondre, elle fait signe à son esclave de la laisser. Ils commencent par la vile menace : « Ton supplice est prêt. Il dépend de toi... » Elle reste immobile, les yeux baissés, et, sans rien dire... Le second reprend : « Tu seras la plus heureuse des femmes.... » Elle ne dit rien et reste immobile... Il s'emporte... « Nous nous vengerons sur tout ce qui t'est cher. Joachim périra... » Elle tremble. « Oui, Joachim périra, » s'écrient-ils tous deux ensemble. Alors elle lève la tête. Ses yeux se fixent au ciel; elle se lève, et, muette, passe dans un autre appartement... Ils sortent.... « Ma sœur, je vais mourir... Dis à Joachim... O Joachim!... » Helcias arrive tout couvert de cendre et de lambeaux... Il embrasse sa fille... Il vient d'apprendre... Mais il sait qu'elle ne saurait être coupable... « Je ne veux que me traîner jusqu'à la porte de tes persécuteurs; je veux y mourir en les maudissant... Que ma dernière voix leur soit amère encore...; qu'ils entendent ma mort...; que la prochaine aurore présente mon cadavre à leurs yeux effrayés, et qu'ils ne sortent point sans me fouler aux pieds [1]*... »*

1. L'auteur en écrivant ces quatre dernières lignes a fait quatre vers : .

> *Que ma dernière voix leur soit amère encore...*
> *Qu'ils entendent ma mort... Que la prochaine aurore*
> *Présente mon cadavre à leurs yeux effrayés,*
> *Et qu'ils ne sortent point sans me fouler aux pieds...*

CINQUIÈME CHANT.

On vient la chercher... Elle marche au supplice..., la tête pen-
chée sur son sein; pâle, mais tranquille comme l'innocence. Ses
esclaves, sa sœur, son père... Les vieillards lui lancent des regards
de vile méchanceté satisfaite... Mais Joachim a trouvé ses richesses :
il revient avec des chameaux chargés de trésors. Les présents
qu'il destine à sa femme. Il arrive... Il voit une grande foule...
Le premier qu'il interroge voudrait pouvoir lui taire : « Joachim !
une épouse, une épouse adultère !... » Joachim l'éloigne. « Mal-
heureuse, dit-il, sans doute, son époux ne l'aura pas aimée, ne lui
aura pas été fidèle, comme Joachim à sa belle Suzanne...
Peut-être un autre époux aurait eu en elle une autre Suzanne... »
Il approche... Il voit la belle innocente...; il tombe à terre demi-
mort, en s'écriant : « Ah ! malheureux !... » On l'emporte. Elle
le suit des yeux en disant : « Toi, Joachim, aussi, tu me juges
coupable ? — Non, dit sa jeune sœur, non, peuple ; on vous abuse...
Ce sont ces vieillards eux-mêmes qui ont voulu la séduire. »
Ils l'interrompent : « Peuple, nous vous l'avons déjà dit...
Nous sommes entrés dans la maison de Joachim... — Pour nous
informer de lui, ajoute le second vieillard. — Nous avons
trouvé son épouse avec un jeune homme, reprend le premier...
— Dans ses bras, ajoute le second. — Il nous a échappé, mal-
gré nos efforts, dit le premier. — Des vieillards, reprend le
second, ne peuvent lutter contre un jeune homme, ni vouloir
séduire une femme..., Suzanne est adultère !... et la loi que le
Seigneur a donnée à Moïse sur l'ardent sommet du Sinaï... O
Joachim ! tu méritais une autre épouse !... » A ces mots, l'inno-
cente condamnée tourna la tête vers les vieillards et les regarda.
Ils voulurent fixer leurs yeux sur elle; mais ils ne le purent.*
Ils détournèrent la tête l'un vers l'autre, de peur que le regard
divin de cette chaste accusée n'arrachât leur âme de ses ténèbres,

et ne la forçât à paraître sur leur visage... Le peuple environnait la jeune sœur... Les uns auraient voulu douter...; les autres admiraient le bon naturel de cette enfant...; d'aùtres, de la basse populace, disent que c'est signe qu'elle a un penchant à suivre l'exemple de Suzanne...; les autres s'indignaient qu'un si beau visage cachât un cœur vicieux...

SIXIÈME CHANT.

*Mais les hommes se plaindraient du ciel, si le crime oppri-
mait toujours l'innocence. L'Éternel était content de l'épreuve. Il
appela l'ange tout de feu qui anime les prophètes. « Va, lui
dit-il, trouver le jeune Daniel, et révèle-lui la vérité. Qu'il
parle et qu'il punisse. » Le jeune Daniel, mêlé dans la foule du
peuple, s'était levé sur ses pieds pour voir la condamnée. « Non,
s'était-il dit à lui-même, cette physionomie n'est point celle d'une
femme coupable... » Il s'était élancé hors de la foule en criant :
« Peuple, je suis innocent du meurtre que vous allez commettre. »
Tout à coup l'esprit divin descendit sur lui, éclaira ses yeux, le
fit lire dans les âmes, à travers le voile de chair et d'os qui les
couvre. Il vit avec ravissement l'état de pureté de l'âme de
Suzanne. Il frémit en voyant celle des vieillards, noire d'imposture et de vices, semblable au lac Asphaltite. « Arrêtez, arrêtez !
s'écria-t-il, insensés que vous êtes !... Vous êtes dupes de scé-
lérats !... Suzanne est innocente » !... — Suzanne est innocente !
cria le peuple avec transport. Vive le jeune prophète qui venge
la vertu opprimée !... » Ils s'assemblent. « Enfant prophète de Dieu,
dit le peuple, interroge-les toi-même... » Il se lève... « Qu'on les
sépare... Eh bien ! toi... race méchante et maudite, dis-nous sous
quel arbre ?... — Sous un chêne... — Sous un chêne ! Va, fuis,
ton mensonge exécrable demeure suspendu sur ta tête coupable.
Voilà comment vous jugiez le peuple ! Qu'on fasse entrer l'autre.
— Eh bien ! scélérat ! dis-nous sous quel arbre !... — Jeune
enfant, quel es-tu ? que veux-tu ? quel droit as-tu d'interroger les
vieillards ?... — Parle, parle, imposteur. Ce n'est point moi
qui t'interroge ; c'est tout le peuple ; c'est Dieu qui tient son
glaive tout prêt... Tremble, ton heure vient. Réponds, dis quel
ombrage !... — Réponds, s'écrie le peuple... » Il se déconcerte un
instant : mais il se relève, essaye au calme son front dur et per-*

vers. Il rassure sa voix, il commence, il s'arrête : « Un syco-
more épais... — Vengeance sur ta tête, vil imposteur! Voilà
comment vous jugiez le peuple! La beauté vous séduisait!... »

On les lapide, et le peuple en triomphe ramène à Joachim son
épouse, qui, donnant la main à sa jeune sœur, l'aborde avec un
sourire.

Après ces fragments, viennent les indications suivantes :

Cela aura six chants, dont j'ai marqué les séparations. J'ai
regret de ne pouvoir le faire plus court. Il faudra l'orner de
comparaisons, de détails asiatiques sur les vêtements, les aro-
mates, les richesses, etc., pour en faire un ouvrage pi-
quant.

Les morceaux du Cantique à imiter au deuxième chant sont
ceux où Elle court après Lui, et quand il répond, ce sera l'esclave.
Puis Suzanne priera les jeunes filles de Jérusalem de le chercher
avec elle, et l'esclave répondra : « Celui que tu cherches, ô la
plus belle des femmes. »

On peut terminer le récit poétique et très-court de Joseph,
à la fin du troisième chant, par ces touchantes paroles de la
Genèse : je suis votre Joseph, mon père est-il vivant?

Au deuxième chant, il faut la peindre à table. Elle ne
mange point. Elle n'écoute point ses femmes qui chantent sur le
luth. Une rêverie profonde répand une expression mélancolique
sur son céleste visage. Elle songe à son époux qui est loin d'elle.
Ce soir la main de Joachim ne pressera point la sienne. La voix
de Joachim ne lui dira point adieu. La bouche de Joachim ne lui
donnera point le chaste baiser du sommeil. Elle s'égare dans ces
tristes pensées, et sa belle main va sur ses yeux essuyer une
larme.... Elle se lève, etc.

Le peuple, à la fin, peut comparer Daniel aux anges qui visi-

taient Adam, et qui demandaient l'hospitalité à Abraham, etc.

Au lieu de ces anges gardiens qui me sont venus à l'esprit dans la première idée de cet ouvrage et qui composent un merveilleux déjà usé et rebattu par les poëtes allemands, il vaut mieux en employer un autre. Il n'y a qu'à faire guider les infâmes vieillards par Bélial, le dieu de la débauche, que Milton peint dans cette énumération des anciens dieux de l'Orient... Admirable morceau! Parler des divinités babyloniennes * et de leurs fêtes impudiques. — V. Hérodote et les poëtes juifs, — et les bien décrire. L'ange de la pudeur sera celui de Suzanne... cela vaut mieux... Un autre sera celui de la jeune sœur, etc... En personnifiant ainsi toutes les vertus humaines et leur donnant un visage expressif et allégorique... cela sera d'ailleurs plus court et me laissera plus de place pour des détails historiques et géographiques sur tous ces pays, Phénicie, Judée, Damas, Mésopotamie.

La grâce mignarde et affectée des filles de Babylone, la mollesse et l'impudicité de leurs fêtes, feront un beau contraste avec les mœurs et la physionomie de Suzanne.

Lorsque Suzanne voudra descendre, la nuit, dans ses jardins, deux de ses femmes lui mettront aux pieds une chaussure qu'il faudra peindre. Ce sera comme des pantoufles.

Mais quand elle voudra se baigner, il faudra peindre la chaussure que les femmes lui ôteront et qui ne sera point la même, et peindre aussi tous ses vêtements, à mesure qu'elles l'en dépouilleront.

Pendant que les infâmes vieillards délibèrent entre eux avant d'aller parler à Suzanne, le même ange qui écrivit les trois mots de Balthazar vient tout à coup leur graver sur la muraille le tableau de quelque scélérat calomniateur puni dans l'Écriture. Ils regardent, ils restent muets; leurs cheveux se dressent sur leurs têtes, puis ils se regardent l'un l'autre, rougissent, chacun des deux tremblant que l'autre ne se soit douté de ce qui se passait en lui... et sans se rien communiquer ils continuent à ourdir la trame d'adultère ou de calomnie, et sortent pour aller parler à Suzanne.

On peut couvrir les murailles de Suzanne de tapisseries chargées de belles histoires juives.

Parler de ce fameux temple ou tour de Bel *, et de cet escalier qui tournait huit fois, — V. Hérodote, et Rollin, t. II, — et des *jardins de Sémiramis * et de tout ce qu'il y avait à Babylone. La statue échevelée de Sémiramis, Sardanapale et son épitaphe.*

Sur la tour de Babel ajouter : FAMA EST, *les fables racontent que *...*

Mettre dans la bouche d'un prophète que le lieu où ils sont captifs et maltraités était autrefois l'Éden...

Quand le Seigneur créa le monde... quand il créa la lumière... (peindre les effets de la lumière naissante.) La nuit, qui avait espéré posséder l'univers à jamais, s'enveloppa dans ses voiles, et fuit dans son antre, d'où elle n'est point sortie. Ce que nous appelons la nuit n'est que l'ombre... Ce n'est qu'à la fin du monde...

AMÉRIQUE.

Géographie.

Il faut dans cet ouvrage, soit quand le poëte parlera, soit par la bouche des personnages, soit dans les discours prophétiques des êtres surnaturels, décrire, de côte en côte, absolument toute la géographie du globe aujourd'hui connue.

Amer. Γεωγρ. (γεωγραφια)…

Ensuite se présente tel pays couronné de telle et telle chose (les fruits et les fleurs qu'il produit).

Il est probable que le poëte eût d'abord parlé de l'Espagne; ce qui l'indique, c'est le morceau que voici :

Après les Pyrénées… vient la France… entre le Rhin, l'Océan, les Pyrénées… et la mer Méditerranée et les Alpes, gît cette belle contrée… Puisse-t-elle parvenir au plus haut degré de gloire et de puissance… Puisse la main du despotisme se relâcher un peu et lui permettre d'être aussi heureuse que je le souhaite et que la nature avait voulu qu'elle le fût… Dans le temps dont je parle ici elle était encore brute… mais aujourd'hui ses fleuves nombreux ont des ponts…. vins délicieux… superbes villes, bois, montagnes, coteaux, vallons, plaines fertiles, elle a tout… de vastes chemins la partagent… ils sont bordés d'arbres… noyers, mûriers… et l'on y voyage à l'ombre.. (Ensuite la décrire plus particulièrement… et les lieux où ses fleuves prennent leur source et le pays qu'ils arrosent…)

Que ton œil, voyageur, de peuples en déserts

Parcoure l'ancien monde et traverse les mers :
Rome antique partout, Rome, Rome immortelle,
Vit et respire, et tout semble vivre par elle.
De l'Atlas au Liban, de l'Euphrate au Bétis,
Du Tage au Rhin glacé, de l'Elbe au Tanaïs,
Et des flots de l'Euxin à ceux de l'Hyrcanie,
Partout elle a gravé le sceau de son génie.
Partout de longs chemins, des temples, des cités,
Des ponts, des aqueducs en arcades voûtés,
Des théâtres, des forts assis sur des collines,
Des bains, de grands palais ou de grandes ruines
Gardent empreinte encore une puissante main*,
Et cette Rome auguste et le grand nom romain.
Et d'un peuple ignorant les débiles courages,
Étonnés et confus de si vastes ouvrages,
Aiment mieux assurer que de ces monuments
Le bras seul des démons jeta les fondements.

*Finir τὰ γεωγρ... en disant... Un grand nombre de ces pays...
je les ai visités moi-même... décrire en quels lieux j'ai été... j'ai
marché à pied un bâton à la main; j'ai pris des chevaux de
poste... je me suis confié à la mer et aux voiles des vaisseaux
pour aller ici et là... me plaignant que la vie humaine est trop
courte pour pouvoir... cultiver tous ses amis... et en même temps
tout apprendre, tout lire :*

Tout voir, aller partout, tout savoir et tout dire.

Histoire.

Il faut tâcher d'inventer quelque chose dans le goût du bouclier d'Achille et d'Énée*, pour y représenter les points cardinaux de l'histoire du monde, les empires naissants et détruits depuis les origines du nord jusqu'à l'empire romain.

Puis mettre dans la bouche de quelqu'un un tableau rapide et vigoureux de l'histoire moderne à dater de la destruction de l'empire romain. Les invasions des barbares du Nord, la faiblesse de l'empire grec. La puissance et les cruautés des barbares. La destruction des sciences. Le gouvernement féodal. L'esclavage. La naissance du mahométisme. L'empire des califes. L'invasion d'Espagne par les Maures. L'Angleterre et son avenir. Les croisades. Les villes hanséatiques. Gênes, Venise, Florence. L'irruption des Turcs. La découverte du passage aux Indes. La chute de l'empire grec. (l'histoire de l'Église a été mêlée dans tout cela). Les réformations de plusieurs sectes et puis de Luther. Les révolutions politiques et religieuses dans le monde, etc.

Puis, en prédictions différentes, tout ce qui s'est passé depuis l'action du poëme jusqu'à nos jours. — Puis éparpiller dans le poëme, aux occasions qui naîtront en foule, des traits historiques sur l'invention des choses attribuée à telle ou telle ville, sur les usages de tel ou tel peuple, etc.

Dans ce poëme où je veux mettre le tableau frappant et rapide de toute l'histoire du monde, je n'oublierai pas les révolutions du Nord si liées avec celles de la religion au XVIe siècle. Principalement celle de Suède. Le caractère de Gustave. Sa jeunesse. Ses dangers. Sa misère. Ses victoires. La couronne devenue héréditaire dans la maison de ce grand homme. Et Christiern II. Sa férocité. Les massacres de Stockholm. Son expulsion de Danemarck. Sa fuite en Hollande où Charles-Quint promet des secours à ce scélérat. Pour lier cela à l'ouvrage, on peut supposer sans invraisemblance (ceci est la première idée qui me vient, à laquelle je ne tiens nullement) qu'un vieux officier allemand, ayant été

témoin oculaire de ces révolutions dans le Nord, a ensuite servi
dans les troupes de Charles V, et est actuellement en Amérique.

. . . . . Chacun baissait un front esclave
Mais Nuñes, mais mon fils : « Insolent Scandinave.

Comme les personnages d'Homère entremêlent dans leurs dis-
cours des récits de choses qui leur sont arrivées dans leur jeune
âge, ainsi, on peut mettre dans la bouche de quelques person-
nages du poëme des allusions un peu détaillées de quelques révo-
lutions intéressantes ; mais pas assez importantes pour leur
donner un article à part. Comme la conjuration de Fiesque à
Gênes *, etc.

L'homme qui racontera la Saint-Barthélemy peut être un pro-
testant réfugié en Amérique pour y vivre tranquille et en sau-
vage. Une espèce de Timon le misanthrope, se réjouissant du
mal qui arrive aux chrétiens. Devenu déiste, philosophe paisible,
cela pourra tempérer l'horreur que ce sujet sanguinaire produirait
infailliblement. Le peindre aimant le soir à s'asseoir au haut des
rochers regardant la mer. Surtout en temps de tempête.

Le même protestant qui contera les massacres de la Saint-
Barthélemy doit, en accablant la ville de Paris d'imprécations,
lui souhaiter la famine et tous ses fléaux, ce qui arriva.

Le roi Charles IX, mourant d'une hémorragie par tous les
pores, semblait rendre tout le sang français dont il s'était ras-
sasié. Ainsi une bête féroce, après avoir dévoré un troupeau tout
entier, tuée par une flèche, le sang des moutons et des agneaux
lui sort par la blessure, par la gueule, par les narines, et leurs
membres déchirés sont encore dans son estomac.

Parmi les exemples d'hommes vertueux qui se refusèrent aux
horreurs de la Saint-Barthélemy, il faut se souvenir de pla-
cer ce bourreau de je ne sais quelle ville refusant au gouverneur
de tuer des protestants parce qu'il n'agissait que juridiquement :

« Et mon bras n'obéit qu'aux ordres de la loi. »

Ciel! toi seul connais combien d'insultes, combien de railleries
furent faites sur ces corps morts.

*Parler de la mort de don Carlos ; de l'auto-da-fé dont Philippe
fut témoin et de sa réponse horrible à un malheureux qui lui
demandait grâce*. Ne pas oublier la révolution de Hollande en
prédiction ou autrement. Blasonner comme il faut le duc d'Albe.*

*La bataille de Lépante et l'expédition de don Sébastien en
Afrique.*

Nos querelles avec l'Angleterre.

Du troisième Édouard l'ambition perfide.

*Les talents de son fils. L'imprudence de nos rois Philippe et
Jean. La désunion des Français... mirent la France à deux
doigts de sa perte... Charles V... Naissance... La fille de la
Bavière, profitant de la démence de son époux Charles VI, trahit
la France... fit couronner Henri V à Vincennes.*

Henri V.
Grand roi, vaillant guerrier, d'un père usurpateur,
Dès son adolescence illustre imitateur.
N'étant que prince encore, aux périls, au carnage
De nocturnes bandits formèrent son courage.
Voilà quels chevaliers, l'effroi des grands chemins,
Confièrent l'épée à ses royales mains.
A leur tête longtemps il fit payer sa gloire
Au passant chargé d'or qui durant l'ombre noire [1]
De Windsor à la hâte osait tenter les bois.
Roi, maintenant, il vient par les même exploits
Signaler contre nous son noble apprentissage,
Du métier de brigand si cher à son jeune âge.

1. Le manuscrit offre cette variante pour ces deux vers :

*Et longtemps sa valeur fit craindre la nuit sombre
Aux passants chargés d'or qui, sans doubler leur nombre...*

Les Anglais à ses goûts toujours accoutumés,
Gens de sang, de débauche et de proie affamés,
Aimaient à voir chez nous le maître de leur trône [1],
Le pistolet en main, demander la couronne ;
Et chérissaient un prince incapable d'effroi,
D'un antre de voleurs sorti pour être roi.
Vincennes ! bois auguste où le grand saint Louis·
Nous rendait la justice au pied d'un chêne assis,
Pensais-tu que jamais de ce roi plein de gloire,
La moitié de la France outrageant la mémoire,
Sous tes antiques murs qui furent son palais,
Vînt couronner un front qui n'était point français?
Saint-Denis ! lieu sacré ! tes voûtes sépulcrales
Tressaillirent. L'on vit fuir les ombres royales
Tremblantes qu'à leur cendre un étranger nouveau
Mêlant sa cendre impie usurpât leur tombeau.
Guillaume, heureux vassal des rois de cette terre,
Fier et brave Normand maître de l'Angleterre,
Tu ne prévoyais point qu'un jour un de ses rois
Dicterait aux Français de sacriléges lois.
O crime! ô noir complot! la fille de Bavière
Sur le trône français, aux Français étrangère,
Du sein de ses plaisirs qu'elle nous fit payer,
Nomme l'usurpateur son fils, son héritier !
D'un malheureux époux la fatale démence [2]

1. Le poëte avait d'abord fait ainsi ce vers :
   Étaient ravis de voir l'héritier de leur trône.
2. Le manuscrit offre cette variante : ·
   D'un misérable époux la fatale démence.

Mit dans ses viles mains le timon de la France.
Elle vend ses sujets, elle proscrit son fils,
Elle donne sa fille aux brigands ennemis ;
Mère, épouse, régente, et reine parricide,
Tout l'État est la dot de cet hymen perfide[1].
C'est alors, en effet, que vaincus, enchaînés,
Captifs de l'insulaire, à sa suite traînés,
Les anges de la France, arrachés à nos villes,
Passèrent l'océan, et, de leurs pieds débiles
Touchant le sol anglais, dans leurs pâles douleurs
Tournèrent vers nos bords leurs yeux noyés de pleurs.
La Tamise asservit à ses lois insolentes
De nos fleuves français les nymphes gémissantes ;
Londre, apportant des fers, vint de notre Paris
Fouler d'un pied sanglant les augustes débris ;
Et le lis transplanté sous un ciel tyrannique
Eut regret d'embellir l'écusson britannique.

Ensuite la délivrance des Français, etc...

Et je méprise un roi quand un roi s'avilit.

L'histoire de Kentucke à l'ouest de la Virginie, publiée tout à l'heure par Jean Filson, et où se trouvent les aventures du colonel Boon, est très-intéressante. C'est le plus beau pays de l'Amérique, arrosé de superbes et nombreuses rivières. Il faudra le peindre en désignant les lieux par leurs productions, comme je peindrai toute la géographie du globe. C'est ainsi que fait Homère. On trouve dans cette histoire de Kentucke un fait curieux : c'est une

---

1. La première pensée du poëte était ainsi :

Tout l'empire est la dot de cet hymen perfide.

colonie de Gallois qui s'est trouvée dans l'Amérique septentrio-
nale. On présume que ce sont des Gallois que l'histoire rapporte
avoir quitté leur pays au XIIe siècle. Il faudra examiner tout
cela...

Parler prophétiquement des treize États unis... Quelles sont
ces treize femmes... vêtues de telle manière... avec un tel visage...
dansantes et se tenant par la main...

Parlerai-je de la Suède d'Hilsingland, etc... je dirai là où
sont les Runes*... De la Chine ? je dirai où est la fameuse
muraille, je désignerai tel autre pays en ajoutant où tel fleuve se
promène, a de tels arbres ou bien arrose telles ou telles moissons...
Il faudra donc que je surmonte ma paresse à écrire et que je ne
fatigue plus ma mémoire, et que je marque sur le papier les
peuples, les productions, le sol, le climat, la religion, la culture,
les animaux et toute l'histoire naturelle ; les mœurs, les usages,
l'histoire, la topographie de tous les pays du globe.

L'auteur eût placé dans les détails historiques le vers suivant :

Du douzième Louis le sceptre populaire[1].

Puis il eût ainsi présenté la mort d'un prince mexicain :

Un cacique se tue sur un lit près duquel est le portrait de
Philippe II. En se poignardant, il prend une poignée de son sang
et la jetant contre ce portrait :
« Tiens, remplis-toi, barbare, voilà du sang... » Il meurt.

Enfin, dans ces détails historiques, le poëte aurait parlé du
chancelier de L'Hôpital ; voici le thème de ce qu'il aurait dit :

Le chancelier de L'Hôpital empêcha, malgré les Guise, la
cour et l'Espagne, que le tribunal de l'inquisition fût introduit

1. D'abord le vers était ainsi :
    Du douzième Louis le sceptre paternel.

en France et c'est pour cela qu'il acquiesça à l'édit de Romoran-
tin, plus sévère pour les protestants qu'il n'eût voulu.

Il était créature du cardinal de Lorraine et de Catherine et
même de la duchesse de Montpensier; car, prudent comme il l'était,
il paraît que les Guise en l'élevant espéraient avoir un instru-
ment de leur ambition, et que les ennemis des Guise espéraient
de même se servir de lui pour les perdre.

Il était petit-fils d'un juif.

Fictions générales.

Sous ce titre sont compris les matériaux du poëme qui se rapportent aux compositions que l'auteur aurait répandues dans toutes les parties de son épopée.

Dieu s'avance pour parler... Il veut que tous les cieux fassent silence. Il s'assied sur le soleil... Le soleil ne tourne plus sur son axe. Des anges courent en foule aux planètes qui leur sont confiées, s'opposent à leur mouvement et les arrètent dans leur course... Tout l'univers est immobile. Dieu parle... (son discours) et quand il a fini, les groupes d'anges ne retiennent plus les astres qui se précipitent dans leur orbite et continuent leur chemin à grand bruit qui retentit dans l'espace.

Quoique ce ne soit point l'usage des poëtes épiques, je dirai quelque part en parlant de tel ou tel pays : C'est là que j'ai invoqué l'enthousiasme qui ouvre à l'esprit un monde imaginaire, qui attache aux paroles d'Homère ces... ces... et ces ailes de feu... qui élève... L'éloquent Portugais et le Tasse et Virgile; qui allume les feux, les foudres, les éclairs échappés des lèvres de Milton.

Au lieu de Neptune, il faut peindre l'ange de la mer agitant les rochers, soulevant les vagues et excitant les tempêtes.

Il ne sera pas mal que le poëte raconte allégoriquement quelque part l'histoire physique du tonnerre. Dieu le forme dans les nuages... Les anges ou ministres amassent les vapeurs et exhalaisons de la terre. Cela est épique et fournit de grandes images.

Il n'est qu'un Dieu suprême, créateur et conservateur éternel... Les âmes des héros, des anges... sont dieux après lui. Les hommes aujourd'hui ne leur donnent pas ce nom. Mais la poésie est indépendante et libre; elle abonde en un langage hardi et nouveau; et sa belle bouche ne se condamne pas à répéter servilement les expressions des hommes...

*Il faut, dans cet ouvrage, que chaque nation ait son Dieu,
comme de raison. Mais le poëte les admettra tous. Il peindra les
cérémonies de toutes les religions avec une indifférence et une égalité parfaites. Quand il aura peint un idolâtre faisant une prière,
il ajoutera : Il pria ainsi et son Dieu l'entendit du haut du ciel.*

J'éviterai de revenir sur les choses que j'aurai prouvées in Δ*.
*Ainsi, ayant tâché d'établir le système du nord et du refroidis-
sement de la terre dans ce dernier ouvrage, je n'en parlerai in
Amer.* *que comme d'une chose convenue. Je dirai en parlant des
dents d'éléphant trouvées au Canada et à Kentucke : Ce sont les
dépouilles des éléphants qui vivaient dans ces contrées quand
elles étaient plus chaudes.*

*Il faudra mettre dans la bouche de quelqu'un la sublime invo-
cation qui ouvre le* Paradis perdu... *Esprit-Saint, soit que tu erres
sur les sommets d'Oreb ou de Sina, etc... et imiter beaucoup de
morceaux de ce grand Milton.*

*Un jeune héros-poëte dira que dans sa jeunesse il ne chantait
que les amours; mais que depuis, sa muse est devenue guerrière,
qu'elle aime à se jeter l'épée à la main dans la mêlée, et qu'elle
ne craint plus d'entendre les épées qui se croisent, les tambours,
les canons, les hennissements des chevaux et les cris guerriers des
sauvages.*

Alonzo d'Ercilla *est le* Phemius* *de l'Amérique. Pendant
qu'ils sont à table ils le prient de chanter. Il chante les nouveaux
astres qui ont conduit les Européens et montré un nouveau
monde. Pléiades, hyades. Il invoque les muses qui habitent tels
et tels lieux... de l'Amérique. « Oui, s'écrie-t-il, venez... » Il
faudrait là quelque chose de dévot.*

.   .   .   .

Active, indépendante, à ses forces livrée,
La nature sublime, en ces augustes lieux,
Ne connaît point de l'art les fers injurieux ;
Et l'âme qui s'embrase à cet ardent modèle
Devient indépendante et sublime comme elle.

Puis il dit... il dit... quand j'aurai son poëme, je verrai s'il y a quelque chose à traduire*...

L'auteur revient sur ce sujet en ces termes :

Le poëte Alphonse, à la fin d'un repas nocturne en plein air, prié de chanter, chantera un morceau astronomique. Quelles étoiles conduisirent Christophe Colomb.

> O nuit... ô ciel... ô mer...
> O enthousiasme, enfant de la nuit.

Muse, Muse nocturne, apporte-moi ma lyre*! Viens sur ton char noir... vêtue...

Que pour bandeau royal sur ton front lumineux
Des étoiles sans nombre étincellent les feux.

. . . .

Accours, reine du ciel, éternelle Uranie,
Soit que tes pas divins sur l'astre du Lion
Marchent, ou sur les feux du superbe Orion,
Soit qu'en un vol léger. . . . . emportée
Tu parcoures au loin cette voie argentée :
Soleils amoncelés dans le céleste azur
Où le peuple a cru voir des traces d'un lait pur.
Lune, paisible sœur . . . .
De ses rayons brûlants pâle dépositaire
Écoute quand je vais chanter, etc. . . . . . .

Lucain dans le panégyrique de Pison* et Paterculus* racontent que la colonie de Chalcis en Eubée venant fonder Cumes en Italie, sous la conduite d'Hippocle et de Mégasthène, fut conduite par une colombe.

Philostrate* dit que les Muses, sous la forme d'abeilles, conduisirent en Ionie une colonie d'Athéniens.

Dans l'hymne à Délos, Callimaque représente Mars et Iris sur des sommets de montagne faisant trembler la terre et défendant de recevoir Latone. Ces images sont grandes et homériques. Tout ce qui se passera en Amérique et que je raconterai moi-même sera rempli de tableaux homériques, de ce ton là. Les guerres et combats passés en Asie ou ailleurs seront racontés par des personnages et n'auront point de ces sortes de figures.

Il faut que j'invente entièrement une sorte de mythologie probable et poétique avec laquelle je puisse remplacer les tableaux gracieux des anciens, ces Néréides accompagnant le navire d'une femme, etc...

Il y a des choses pleines de génie et dignes de l'antiquité dans le poëme de Sannazar sur l'enfantement de la Vierge*. Il revêt le Tout-Puissant d'une robe que la nature lui a tissue, où elle a représenté les mondes, soleils, etc... Il peint le fleuve Jourdain appuyé sur une urne où sont ciselés divers événements analogues au sujet... Il faut donner au Marannon* une urne pareille.

O nymphes de Mondego... et toi, belle ombre de la belle Inès, qui erres toujours dans les feuilles de ce bocage mélancolique aux bords de cette Fontaine... venez m'inspirer...

O postérité! souverain juge!... Tu ne crois point ce que tu lis. Tu accuses les auteurs d'avoir calomnié leurs contemporains. Tu lis avec effroi que des hommes blancs vont acheter des hommes noirs et les plongent vivants dans les mines d'Amérique. — C'est vrai. — Tu lis qu'ils dépendent du plus vain caprice d'un maître imbécile, féroce et doué d'une âme de vil esclave. — C'est vrai. — Que pour la plus légère faute ils sont déchirés de coups de fouet.. que... que les femmes se distinguent par leur cruauté à commander et à regarder ces horribles spectacles... — C'est vrai; rien n'est plus vrai; c'est la vérité même... — O barbares Européens, vous faites tant d'institutions inutiles!... (Voir Montesquieu*.) Vos livres parlent tant d'humanité, cœurs pitoyables, vous ne connaissez pas la pitié de loin!... Vous osez vous enrichir du fruit de ces horreurs... Vous n'avez aucune honte. Vous ne tremblez pas à l'idée des malédictions de la postérité qui vous attendent... O bons, ô respectables quakers...

L'âme de Colomb peut dire cela.

Cérémonies.

Sous ce titre se trouvent tous les rites religieux dont la description serait entrée dans ce poëme et que l'auteur a indiqués de cette manière :

Pourquoi ne pas exprimer la messe dite dans l'église ; et, après que tout le monde a entendu debout le premier évangile, un prêtre vertueux, Las Casas, par exemple, montant à la tribune sainte, et faisant le sermon : il dit... il dit... — Oui, s'écrie-t-il, j'ai vu en songe tous ces hommes sanguinaires et avides d'or, plongés à jamais en enfer dans des chaudières d'or liquide...
Belle idée empruntée du Spectateur.

Exprimer aussi la messe dite sur une pile de tambours avant le combat.

Peindre une procession... Les moines de différentes couleurs... de différents habits... Les surplis, les cierges... traduire quelquefois, transitoirement, par allusion, par prétérition, quelques prières de l'Église... en représenter les différentes cérémonies dans les différents temps de l'année. Car enfin Homère est entré et a dû entrer dans tous ces détails... et les couteaux victimaires, et l'or dont on dorait les cornes de la bête, et le poil de la victime coupé et distribué...
Virgile a fait de même*. Et le Tasse qui a parlé de la confession*.
Ne pas oublier les fêtes de l'Église dont plusieurs sont intéressantes, comme Noël, le dimanche des Rameaux, le vendredi saint, et plusieurs histoires du Nouveau Testament. La femme adultère, la Samaritaine, le Samaritain charitable... Quoi qu'on en dise, toutes ces fables ont leur prix sans valoir peut-être celles d'Homère. Encore ce dernier point peut-il être contesté. D'ail-

leurs, *bonnes ou mauvaises, elles sont du temps, elles en peignent les mœurs, les caractères, il ne faut pas les omettre.*

Parmi les cérémonies catholiques qu'il faut peindre, ne pas oublier les Cendres... et aperite portas principes vestras... *et les rogations... et les enterrements... les baptêmes... viatique... extrême-onction...*

Plus loin, passant à un autre ordre d'idées sans sortir du même sujet, le poëte aurait stigmatisé les prêtres dont l'hypocrisie cache les vices.

Et ces prêtres barbares après cela vont à l'autel, entrer à l'autel de Dieu... et consacrer la sainte hostie... Dieu s'indigne de voir le pain devenir lui-même entre leurs mains sacriléges; de voir le vin devenu son sang par les paroles sorties de leur bouche impie, aller nourrir leur poitrine... nourriture de mort... en vain ils osent dire à l'autel qu'ils lavent leurs mains parmi les innocents... Dieu ne ratifie pas ce qu'ils disent. En vain l'eau sainte coule sur leurs doigts,

Que toute l'eau des mers ne pourrait point laver,
Tant la fureur de l'or, les meurtres, les parjures
Ont gravé sur leurs mains d'éternelles souillures.

Il faut qu'un éloquent missionnaire prie l'Esprit-Saint de prendre un charbon sur l'autel où les chérubins, etc... et de lui purifier les lèvres comme au prophète Isaïe.

Un prêtre ou quelque autre disant :

De ton sceptre enchanté frappe ce roc stérile, fais-en jaillir des sources d'eau vive.

Il faut tâcher d'imiter quelque part les honneurs funèbres rendus par le grand Germanicus aux légions massacrées sous Varus par les Germains, sous Arminius... et les affronts faits aux cadavres... et le rêve de Cæcina... et la nuit bruyante et les fêtes et les cris et les chants des barbares... et tous ces autres détails si divinement peints au premier livre des Annales*... Je ne sais rien de plus épique nulle part.*

Observations générales*.

Il faut mettre ceci dans la bouche du poëte (qui n'est pas moi).

Le poëte divin, tout esprit, toute pensée,
Ne sent point dans un corps son âme embarrassée;
Il va percer le ciel aux murailles d'azur;
De la terre, des mers, le labyrinthe obscur.
Ses vers ont revêtu, prompts et légers protées,
Les formes tour à tour à ses yeux présentées.
Les torrents, dans ses vers, du droit sommet des monts
Tonnent précipités en des gouffres profonds.
Là, des flancs sulfureux d'une ardente montagne,
Ses vers cherchent les cieux et brûlent les campagnes;
Et là, dans la mêlée aux reflux meurtriers,
Leur clameur sanguinaire échauffe les guerriers.
Puis, d'une aile glacée assemblant les nuages
Ils volent, troublent l'onde et soufflent les naufrages,
Et répètent au loin et les longs sifflements,
Et la tempête sombre aux noirs mugissements,
Et le feu des éclairs et les cris du tonnerre.
Puis, d'un œil doux et pur souriant à la terre,
Ils la couvrent de fleurs; ils rassérènent[1] l'air.

1. Cette expression est belle et pittoresque; j'ignore pourquoi elle est abandonnée. Sa nouveauté pourrait déplaire dans une petite pièce de cent vers; mais je pense qu'on peut la jeter avec succès dans un poëme de douze mille vers*.

Le calme suit leurs pas et s'étend sur la mer.

La tempête en feu, ardente... cette côte infâme de naufrages.

Tous les vents à la fois assemblant les orages
Sur sa faible nacelle ameutent les naufrages.

. . . .

. . . .

. . . .

Magellan, fils du Tage, et Dracke et Bougainville
Et l'Anglais dont Neptune aux plus lointains climats
Reconnaissait la voile et respectait les pas.
Le Cancer sous les feux de son brûlant tropique
L'attire entre l'Asie et la vaste Amérique,
En des ports où jadis il entra le premier.
Là l'insulaire ardent, jadis hospitalier,
L'environne : il périt. Sa grande âme indignée,
Sur les flots, son domaine, à jamais promenée,
D'ouragans ténébreux bat le sinistre bord
Où son nom, ses vertus, n'ont point fléchi la mort.
J'accuserai les vents et cette mer jalouse
Qui retient, qui peut-être a ravi La Pérouse.
Il partit. L'amitié, les sciences, l'amour
Et la gloire française imploraient son retour.
Six ans sont écoulés sans que la renommée*
De son trépas au moins soit encore informée.
Malheureux! un rocher inconnu, sous les eaux
A-t-il, brisant les flancs de tes hardis vaisseaux,
Dispersé ta dépouille au sein du gouffre immense?
Ou, le nombre et la fraude opprimant ta vaillance,

Nu, captif, désarmé, du sauvage inhumain
As-tu vu s'apprêter l'exécrable festin?
Ou plutôt dans une île, assis sur le rivage,
Attends-tu ton ami voguant de plage en plage;
Ton ami qui partout, jusqu'aux bornes des mers
Où d'éternelles nuits et d'éternels hivers
Font plier notre globe entre deux monts de glace,
Aux flots de l'océan court demander ta trace?
Malheureux! tes amis, souvent dans leurs banquets,
Disent en soupirant : « Reviendra-t-il jamais? »
Ta femme à son espoir, à ses vœux enchaînée,
Doutant de son veuvage ou de son hÿménée,
N'entend, ne voit que toi dans ses chastes douleurs,
Se reproche un sourire, et tout entière aux pleurs,
Cherche en son lit désert, peuplé de ton image
Un pénible sommeil que trouble ton naufrage.

Dans un ouvrage de si longue haleine, on peut hasarder beaucoup de hardiesses nouvelles. Il faut essayer d'employer le mot hiver *dans le sens de tempête, — comme chez les anciens* Hyems, Χειμών : *de cette manière par exemple :*

Quand les vents et la grêle et l'orageux hiver
Soudain couvrent le ciel et soulèvent la mer.

Il ne peut qu'il ne fasse telle ou telle chose......tournure antique de notre langue et qu'il faut employer.
Il faut employer le mot exorable.
Rendu plus exorable.
Dire que la richesse des États est l'agriculture. Appliquer à cela la fable d'Érysichton et répéter ce que j'aurai dit in γιωπον. *c'est-à-dire en parlant de l'agriculture,* γιωπονία.

Il faut décrire cette imagination ardente et primitive d'un

peuple sauvage. Qu'est-ce qui les épouvante le plus? ce sont no.
canons...

Ils pourront, dans leurs assemblées, dire, en parlant de la reli-
gion qu'on leur prêche :

Le Dieu des Castillans aux cent bouches d'airain, et les Cas-
tillans eux-mêmes :

Ces enfants du tonnerre.

Les assauts enflammés tonnant sur les murailles ou sur les
remparts.

Peindre quelque part d'une ·manière intéressante un pèleri-
nage... des bois... des eaux...

Comme Homère fait la généalogie du sceptre (Iliad., liv. I),
il faut .que quelque belle Espagnole ait donné à .son amant un
bijou... une croix... un.tel de ses ancêtres. l'apporta de Jérusa-
lem, etc... (plusieurs détails de ce genre.)

Le poëte a aussi noté ce passage de Plutarque, d'après la
traduction d'Amyot :

Et entre les mains des dames ne se voyait que morions et
armet, auxquels elles attachaient des pennaches de diverses cou-
leurs, sayes et·cottes d'armes qu'elles enrichissaient d'ouvrages.
Plut. Philop.·

Il faut peindre ce. tableau-là et ne pas oublier quelqu'un de ces
accidents intéressants, comme une belle armure brodée par quelque
belle et bientôt enlevée à celui qui la porte et devenue la proie
d'un ennemi.

Comparaisons.

Ici viennent se placer les notes du poëte relatives aux comparaisons qu'il voulait semer dans son ouvrage.

*La nuit vient... et passe... le jour renaît... Et comme on voit
une nation de fourmis... dans les champs le noir peuple chemine et va en rampant...*

Ainsi pour les travaux, pour le gain, pour la peine,
S'éveille avec le jour la fourmilière humaine.
Aussitôt dans la cité, dans le port . . . .
Tout s'émeut et s'empresse . . . .
On traîne, on porte, on court. L'aigre dent de la scie
Mord la pierre ou le bois. La lime ronge et crie.
Sur les longs clous du fer tonnent les lourds marteaux.
Les roues. . . . glissent sous les fardeaux,
Les fouets sifflent dans l'air et les chevaux dociles
Poussent, en agitant leurs sonnettes mobiles.
Partout au loin se mêle un tumulte de voix
Et de hennissements et de rauques abois.

Le héros couché entend ce bruit; etc.

. . . .

Comme un chien vigilant couché près de son maître,
D'aussi loin qu'il a cru reconnaître le bruit
D'un passant vagabond qui chemine la nuit

Se dresse, jappe, écoute ; et si le bruit augmente,
Crie et s'élance et gronde et saute et se tourmente ;
Ainsi . . . .

Homère compare les fleuves à l'huile : ὥσπερ ἔλαιον*.

Moins lente on voit couler la liqueur de l'olive.

Plus loin, l'auteur a consigné cette comparaison gracieuse :

Doux comme la vertu, beau comme la pudeur.

Ailleurs ce sont les comparaisons de ce genre :

Ainsi, sur une cime élevée une immense quantité de neige s'amoncelle et demeure suspendue et immobile au penchant du mont. Mais un seul flocon qui se détache donne à tout le mouvement ; il en entraîne un second, puis un autre ; et bientôt tout cet amas énorme s'éboule dans la vallée avec un fracas épouvantable.

Ainsi, quand la tempête aux ailes ténébreuses.

Le serpent (voyez Virgile*), aux rayons du soleil,

De sa queue à longs plis sillonne la poussière
Et de son triple dard fait siffler la lumière.

Ainsi, une génisse dans l'étable, si quelqu'un vient toucher et caresser son veau, croit qu'on veut le lui enlever ; elle tourne la tête, elle fait effort pour se détacher et venir à son secours et mugit douloureusement.

Ainsi, un homme qui, dans le cœur de l'hiver, veut passer un fleuve glacé... Il s'avance... mais au milieu, tout à coup, il entend la glace crier et se fendre sous ses pieds... il s'arrête.

Il pâlit. Sur son front se dressent ses cheveux.
Tremblant, l'effroi l'agite et roule dans ses yeux
Le tumulte, la mort égarent son visage,
Et sa mère, à grands cris, le rappelle au rivage.

Épisodes.

Le poëte, comme on le pense bien, aurait semé son poëme de nombreux épisodes ; voici ses notes à ce sujet :

Un héros qui a souffert des injustices s'éloigne comme Coriolan et cache partout son nom comme Ulysse. Qu'il s'appelle Alphonse, par exemple. Il trouve un vieillard comme Philoctète qui lui demande des nouvelles de l'armée, et celui-ci... et celui-là... et ce vieillard...

Il invoque la mort, il a pleuré son fils.

O dieux ! réplique le vieillard, c'était mon plus ancien ami. Nous avions ensemble étudié... et ce jeune héros... cet Alphonse... Alphonse ? — Il a vécu.

Puis il finit par aller chercher un asile chez un prince américain à qui il fait tout le mal possible. Il entre non à la manière des suppliants... mais le prince hospitalier, qui est alors dans un festin, s'approche de lui... « Étranger, viens t'asseoir à ma table... Tous les humains rencontreront chez moi l'hospitalité... Il n'en est qu'un seul qui y trouvera le châtiment de ses barbaries... Plût aux dieux que la tempête le jetât ici !... C'est ce dur Espagnol, c'est ce cruel Alphonse... » L'étranger l'interrompt... « Je suis Alphonse... C'est moi qui t'ai fait tant de mal et qui viens t'aider à le réparer. »

Un Inca, racontant la conquête du Mexique par les Espagnols, que le peuple prenait pour des dieux, s'exprimera ainsi :

Pour moi, je les crois fils de ces dieux malfaisants
Pour qui nos maux, nos pleurs, sont le plus doux encens.
Loin d'être dieux eux-même, ils sont tels que nous sommes,
Vieux, malades, mortels. Mais, s'ils étaient des hommes,

Quel germe dans leur cœur peut avoir enfanté
Un tel excès de rage et de férocité?
Chez eux peut-être aussi qu'une avare nature
N'a point voulu nourrir cette race parjure.
Le cacao sans doute et ses glands onctueux
Dédaignent d'habiter leurs bois infructueux.
Leur soleil ne sait point sur leurs arbres profanes
Mûrir le doux coco, les mielleuses bananes.
Leurs champs du beau maïs ignorent la moisson,
La mangue leur refuse une douce boisson.
D'herbages vénéneux leurs terres sont couvertes*.
Noires d'affreux poisons, leurs rivières désertes
N'offrent à leurs filets nulle proie, et leurs traits
Ne trouvent point d'oiseaux dans leurs sombres forêts.

Ce sera un épisode touchant que cette histoire que je voulais mettre dans un autre poëme... Une jeune héroïne suit son amant... il est mort... Elle va sur son tombeau... on l'entraîne... dans les délires de la fièvre... Enfin un jour elle éloigne tous ses gardiens... et mourante, languissante, elle marche vers ce tombeau... Avant d'y arriver... elle tombe... On l'entend, on y court... on veut la reporter chez elle... Elle s'attache aux branches d'un arbre en criant... On consent à la porter sur le tombeau... on obtient qu'elle mange... on lui donne du lait... Elle allait porter la coupe à sa bouche... elle s'arrête... réfléchit... des larmes coulent de ses yeux... elle incline la coupe sur le tombeau, verse la moitié du lait en disant : « Tiens, mange aussi, toi... » elle avale le reste... elle meurt sur le tombeau.

Il pourra être intéressant de représenter cette jeune Américaine qui fut amoureuse de Cortès, se plaisant à caresser le cheval du héros, à lui peigner la crinière, à lui présenter de la nourriture, et ne voulant pas le laisser soigner par...

. . . O Fernand! Ah! mourir loin de toi!

Adieu, mon père, adieu, je meurs, pardonnez-moi.

Dans le récit des expéditions orientales des Portugais, donner une vingtaine de vers au Camoëns. Peindre géographiquement ses travaux guerriers et poétiques et ses malheurs; le retour de cet Homère guerrier dans sa patrie après la mort de Sébastien.

. . . .

Pour guides au tombeau dans sa vieillesse amère,
Ayant la faim, la soif, les douleurs, la misère.
Gens durs, peuples ingrats, monarques indolents
Chez qui le ciel eut tort de créer des talents.

Campos d'Almodovar, dites-nous ce qui se passa à telle e telle bataille...

L'auteur aurait fait entrer la pensée suivante dans un épisode :

. . . .

J'ai trouvé l'Hippocrène en ces fougueux torrents
Qu'au sang de ses coursiers dans son festin barbare
Mêle pour sa boisson l'indomptable Tartare *.

*Un vieillard outragé par des fils ingrats, retiré à la cam-
pagne, a planté des arbres. On vient lui annoncer qu'il est vengé
de ses fils et qu'il peut recouvrer son pouvoir... Il les mène dans
son jardin et leur montre ses arbres chargés de fruits, en disant :
— Ceux-ci ne sont pas des fils ingrats... Je les ai plantés et ils
me donnent des fruits...*
La persuasion aux paroles mielleuses.

———————

11.   13

Caractères*.

Un homme (peut-être un fourbe), tenant un discours passionné et persuasif, emploiera ce tour... telle et telle chose arrivait... O vagues de telle mer!.. ô telle rive! n'est-il pas vrai qu'alors vous vîtes... (quelque chose d'incroyable et de prodigieux).

————

S'agiter une mer bruyante et montueuse?

————

. . . . de sa barbe sauvage
Le fer n'avait jamais dépouillé son visage.

————

... Je le connais. C'est l'âme d'un enfant.

. . . .
Un cœur sensible et tendre et jusqu'à la faiblesse ;
Mais un esprit de fer, mais un courage altier,
Que l'aspect de la mort ne peut faire plier ;
Une volonté forte, intraitable, invincible,
Une équité sauvage, indocile, inflexible.

————

Un cœur tendre et facile, une tête indomptable.

————

Dans les jeux ou ailleurs... on examine, le cou tendu, l'œil fixe, celui qui... et quand il est au plus difficile, on sue pour lui, on n'ose respirer, comme si on avait peur de le troubler de si loin; et si quelqu'un tousse ou fait quelque bruit, on lui fait signe brusquement de se taire.

L'Américaine qui va pleurer sur le tombeau de son enfant et y exprimer du lait de ses mamelles.

Déguise son courroux qu'il mûrit en silence,
Et dans son cœur profond enfouit sa vengeance.

Le prince américain qui racontera la mort de Guatimozin* et de son suivant et ce beau mot : Et moi, suis-je sur un lit de roses? les peindra allant au supplice; Guatimozin en silence... l'autre s'écriant : O vous, feux éternels qui éclairez les cieux! Toi, soleil, notre père! et vous, astres des nuits ! ô cieux ! ô terre! ô mers! voyez, etc...

Un prédicateur peindra la mort du Messie... La terre tremblante... Les tombeaux ouverts... La nuit... cette nuit ne fut point l'effet du mouvement de la terre; une partie du globe ne fut point éclairée et l'autre dans l'obscurité... La lune ne passa point entre la terre et le soleil pour intercepter la lumière... Non, l'antique nuit, la mère du chaos, celle à qui appartenait le monde avant que la lumière fût créée, sortit de son antre... Elle entoura le soleil d'un voile noir pour qu'il ne fût pas témoin... Elle étendit le deuil sur toutes les sphères qui composent notre univers... Toutes pleurèrent la mort de leur créateur.

Le sommeil, doux frère de la mort. . . .

M. de Chastelux écrit * avoir vu chez Mme Buch, la fille de
M. Franklin, deux mille deux cents chemises faites par les dames
et les demoiselles d'Amérique pour les soldats américains. Chacune avait mis son nom... Ce lin qui sera trempé des sueurs qui
couleront pour la liberté.

On leur offre la paix... mais cette paix n'est point riante...
elle n'est point couronnée d'épis et de fleurs... Elle a le regard
dur, la tête haute, des chaînes dans ses mains... C'est la paix de
l'esclavage, elle ressemble à la guerre.

Bravade.

L'avez-vous oui dire ? — Jamais. Eh bien, c'est donc à moi de vous instruire que... L'autre le quitte au milieu de son discours et va faire précisément ce que l'autre prétendait lui défendre.

Un vieillard, consolant un jeune homme qui se reprochera avec amertume une faute qu'il aura commise, pourra lui dire cette sage maxime : qu'il faut être indulgent pour les autres et aussi pour soi.

Dans la prière des prêtres américains :

Et toi, Dieu castillan, Dieu jaloux, Dieu colère !
Dieu tonnant, Dieu guerrier, Dieu fort, Dieu sanguinaire !

. . . . il s'avance,
Muet, le front baissé, le cœur gros de vengeance.

Conveniens vitæ mors fuit ista sua. (Ovide *.)

Et qui vécut ainsi devait ainsi mourir.

*Il faut traduire le bel endroit de Jérémie sur le massacre de Rama *. On peut mettre cela dans la bouche de Las Cazas.*
Gît le cadavre épars d'une ville...

Fait retentir la nue et les temples du ciel.

Donec fortunam pudeat criminis sui.
                                        Phædre, *l. II, épil.* *

. . . Sans se plaindre du ciel qui l'opprime,
Attend que la fortune ait honte de son crime.

N'est-ce pas un tel que j'aperçois revenir du combat tout san-
glant?... Apportez-moi ma lyre, ôtez-la du clou qui la suspend à
la colonne... que je chante...

Il faut placer quelque part de ces caractères d'hommes qui
voient tout en beau, qui, sur un seul mot qu'on leur dit d'une
chose, bâtissent un long roman...

Mettre dans la bouche de celui qui aura vu les Andes...
Ces énormes granits épars çà et là, sans ordre... ces fleuves
immenses qui se précipitent... ces neiges... ces hauts monts que
blanchit un éternel hiver, *ce chaos semble les débris d'un*
monde, les Titans... On croit voir là dans ces enfantements
monstrueux, sans forme, sans ordre, la nature mère agitée, déchi-
rée, gémir dans les travaux d'un avortement.

Τενέδοιό τε ἀμριβέβηκας.
                                        Hom., *Il., I*.*

Les prêtres américains peuvent dire à leur Dieu :

Toi qui . . . .
Qui fais la garde autour de nos villes sacrées.

Hier tu pouvais tout et m'osas offenser.
Tu n'es rien, je puis tout, et choisis la clémence.
Faible et pauvre j'allais, pour punir ton offense,
Soulever terre et ciel, quel qu'en fût le danger;
Mais j'aime à pardonner quand je puis me venger.

Annibal avant la bataille du Tesin ouvre avec une pierre la tête de l'agneau qu'il immolait, et prie Jupiter de l'écraser de même s'il ne tient à ses soldats ce qu'il leur a promis (à imiter*).

Je voudrais imaginer des actions et des épisodes tragiques et grands et prouvant de grandes choses morales qui pussent être citées et vivre dans la mémoire des hommes, comme ce qui nous est resté des anciens. Je voudrais imiter la fin de l'Œdipe de Sophocle...*

On pourrait feindre qu'un jeune homme aurait été se distinguer en Amérique, deshérité par son père qui, se repentant, le cher-cherait en Amérique. Le fils sans le connaître tuerait son père et épouserait sa mère... Cela découvert, il dirait à ses enfants avant de se tuer :

Venez, fils de l'inceste. . . . .
Imprimez-vous bien mon visage . . . .
Venez, venez, enfants. Vous tremblez, vous fuyez.
Venez, regardez-moi. Ces traits que vous voyez,
Ce sont ceux d'un méchant, d'un traître, d'un perfide,
D'un fils incestueux et d'un fils parricide!...

Quand, fugitifs, sans appui, sans asile, on vous appellera fils de l'inceste, alors maudissez votre père. Et quand

Un traître, un parricide, un fils incestueux,
Au gibet mérité marcheront sous vos yeux,
A leur visage impie, horrible, sanguinaire,

Rappelez-vous Fernand, maudissez votre père,
Dites : — Il ressemblait à ces hommes pervers
Que les bourreaux. . . . .

***

Peindre noblement et superstitieusement la force des imprécations d'un père... Dans un épisode grandement tragique. Ceci doit être un des plus beaux endroits de l'ouvrage.

***

Il serait bon, et neuf, et original, dans la foule de caractères qui doivent remplir cet ouvrage, d'en jeter un d'un âge mûr, devenu froid et tranquille, d'ardent et impétueux qu'il était dans sa jeunesse. Silencieux, écoutant tout et ne répondant rien, faisant et disant tout ce qu'il a à faire ou à dire sans aucune altération de visage. Dans le conseil, n'ayant que des avis ironiques. Dans la mêlée se battant sans jamais rien perdre de son sang-froid. Quand, après la victoire, chacun étale ses exploits pour avoir part au butin, lui, se taisant et s'en allant. Humain et bon, sans aménité; ami inviolable sans être caressant; généreux sans magnificence; juste sans aimer la vengeance; grand sans enthousiasme; peu fêté, peu recherché; mais honoré de tous. Adoré du soldat qui craint même son regard. Redouté dans le conseil, même lorsqu'il garde le silence. Et lui donner un ami d'un grand caractère tout opposé qui, en l'aimant, le respecte.

***

Le poëte aurait peint de cette manière l'activité guerrière de Cortès :

Il marche d'un côté, il y trouve Cortès. Il se retourne et va de l'autre où il compte sur peu de résistance, il y trouve Cortès étincelant, terrible, Cortès qui l'avait aperçu d'abord et qui l'avait suivi pour le combattre, etc...

***

Je voudrais peindre quelque part un homme (peut-être un jésuite du Paraguay) qui, pour émouvoir les peuples grossiers, *emploie quelqu'un de ces signes extérieurs à l'antique, comme le vase brisé par Jérémie, dont plusieurs se moquent et ont tort de se moquer*.*

L'éloquent jésuite qui, en imitant Pythagore dans Ovide*, convertira les anthropophages du Brésil, emploiera des mouvements d'une éloquence primitive et sauvage, comme, par exemple, d'évoquer, dans une bouillante apostrophe, les âmes des malheureux qui ont péri dans ces horribles festins, de les peindre demandant vengeance devant Dieu...

Il faudra qu'un missionnaire, réunissant des sauvages en société, traduise l'hymne de Milton au mariage, très-déplacé dans sa bouche, mais plein de beautés. C'est le divin morceau d'Éden et des amours de nos premiers parents. A ces mots : hait wedded love... *Book IV, v. 750. Il ne faudra pas cependant en imiter cet endroit où il dit que c'est là que règne l'amour et non dans les sourires des p........, jouissance casuelle, ni dans les amours de cour, les mascarades, le bal de minuit, les danses mêlées, les sérénades que les amants chantent à leur orgueilleuse belle, etc...*

Un vieillard dira :
... Affreux bienfait du ciel que de survivre à tous ceux que l'on aime!... Mes parents m'ont abandonné, mes amis m'ont abandonné, tous m'ont abandonné. Je suis resté seul au monde. Il n'est plus personne sur la terre avec qui je puisse parler de ce que nous avons vu autrefois. Rappeler à quels jeux nous jouions dans notre enfance. Nos premières amours, et disputer quelle maîtresse était la plus belle. Ceux qui sont vieux aujourd'hui, quand ils étaient jeunes, m'ont vu déjà vieux. La vieillesse est à charge aux jeunes gens... Ils me fuyaient alors, ils m'évitaient. Ils me fuient, ils m'évitent encore comme s'ils étaient restés jeunes et que je fusse vieux tout seul. Les jeunes gens me haïssent... — Vieillard, ne nous fais point ce reproche ; nous aimons, nous respectons tous ta vieillesse vertueuse.

Le vieillard dira : Æquam memento rebus*...

Gardons, gardons toujours, nous qui devons mourir,
Une âme égale et ferme . . . .
Dans les biens, dans les maux que le ciel nous envoie
Entre la. . . . . et l'insolente joie.

Horat.

*Il faut peindre avec des couleurs vraies et naïves un Espagnol
ou autre, comme l'Hercule des anciens, principalement dans l'Al-
ceste d'Euripide*, grand, féroce, généreux, terrible, gros man-
geur, etc.*

---

*Ainsi le paysan inscius s'assied sur un serpent roulé sur lui-
même et qu'il prend pour un tronc d'arbre*.*

---

*Ainsi le voyageur fatigué s'assied et se repose sous un mance-
nillier, ombrage vénéneux... Saisi d'un froid mortel, il se lève, il
se traîne loin de cet arbre funeste, et plus il s'en éloigne, plus il
sent se ranimer son cœur et renaître en son flanc la force et la
vigueur.*

---

*Je veux, dans un tableau pathétique et sombre, mettre un
homme dans une circonstance où il puisse traduire Job :* pereat
dies in qua*... *et la sentence grecque* :* le meilleur était de ne
pas naître, ensuite de mourir bientôt.

---

*Je veux, dans un même morceau, confondre et imiter cet endroit
d'Homère où Priam demande à Hélène le nom des héros de l'ar-
mée*, et la divine scène d'Eschyle dans les* Sept chefs* *où un
messager apprend à Étéocle les noms des Chefs et les devises de
leurs boucliers qu'Étéocle rétorque toujours contre eux. Cette
scène est au-dessus de l'éloge. Il faut presque la traduire.*

Un rôle assez important du côté des Américains sera une pro-phétesse comme il y en eut toujours chez les peuples barbares, laquelle attachée aux Pizarre, comme Cassandre à Agamemnon, chantera et prédira l'assassinat actuel de François Pizarre. C'est là que j'imiterai cette admirable et unique scène de Cassandre dans l'Agamemnon d'Eschyle*. Plût à Dieu que je pusse trouver quelque occasion d'imiter aussi cette tragédie des Perses* !

Chez les anciens, des hommes attirés dans un palais qui cachait un piége, reçus devant l'autel de Jupiter hospitalier, au moment où ils seraient attaqués dans la nuit, comme les gendres de Danaüs, s'élanceraient aux pieds de Jupiter hospitalier, pâles, défaits, et s'écrieraient : O Jupiter hospitalier !...
Quel feu, quel profond pathétique Eschyle ou Sophocle... il faut tâcher de faire un morceau dans ce genre.

La belle réponse que Sylla fit à Crassus en l'envoyant lever des troupes au pays des Marses ! Crassus lui demandait des gardes, parce que le pays était plein d'ennemis. Sylla lui dit : Je te donne pour gardes ton père, ton frère, tes parents, tes amis indignement massacrés*.

Les histoires anciennes, écrites par des hommes si éloquents, fourmillent de peintures grandes et pathétiques et que l'on peut transporter à d'autres personnages. Je ne lis point sans frémir celle de Vibius Serenus accusé par son fils, et celle de Sabinus au IVe livre des Annales*. Pline rapporte une histoire intéres-sante du chien d'un esclave de ce Sabinus dont je ferai usage*. Les héros d'Ossian marchent souvent accompagnés de leurs chiens. Le chien d'Ulysse est divin dans Homère*; et il n'y a que des hommes dépourvus de sensibilité et d'entrailles qui aient pu en être choqués. — Voici les paroles de Pline, livre VIII, ch. 40.
In nostro ævo actis populi Romani testatum... cum animadverte-retur... in Titium Sabinum et servitia ejus, unius ex his canem

nec a carcere abigi potuisse, nec a corpore recessisse abjecti in gradibus gemitoriis, mæstos edentem ululatus magnâ populi romani coronâ : ex qua cum quidam ei cibum objecisset, ad os defuncti tulisse... innatavit idem cadaver in Tiberim abjecti sustentare conatus effusâ multitudine ad spectandum animalis fidem.

Même quand nous traçons des tableaux et des caractères modernes, c'est d'Homère, de Virgile, de Plutarque, de Tacite, de Sophocle, de Salluste, d'Eschyle qu'il nous faut apprendre à les peindre.

Je voudrais peindre un grand homme, injustement banni, réduit à vivre dans une cabane en quelque lieu sauvage et désert. On a besoin de lui, on va le chercher ; il salue tendrement à l'antique la cabane qui l'a conservé. (Si c'est un chrétien, il faut mêler à cela une sorte de dévotion noble et romanesque.) Il se couvre de gloire. Il a de nouveaux malheurs et meurt misérablement en regrettant son asile.

Cette voix de stentor qui se fait entendre par-dessus une armée*, il faut appliquer cela à quelqu'un*.

L'ART D'AIMER.

CHANT PREMIER.

. . . .
Flore met plus d'un jour à finir une rose.
Plus d'un jour fait l'ombrage où Palès se repose;
Et plus d'un soleil dore, au penchant des coteaux,
Les grappes de Bacchus, ces rivales des eaux [1].
Qu'ainsi ton doux projet en silence mûrisse,
Que sous tes pas certains la route s'aplanisse,
Qu'un œil sûr te dirige; et de loin, avec art,
Dispose ces ressorts que l'on nomme hasard*.
Mais souvent un jeune homme, aspirant à la gloire
De venir, voir, et vaincre, et prôner sa victoire*,
Vole, et hâtant l'assaut qu'il eût dû préparer,

. . . .
L'imprudent a voulu cueillir avant l'automne
L'espoir à peine éclos d'une riche Pomone;
Il a coupé ses blés quand les jeunes moissons

[1] Variante :

Les grappes de Bacchus souveraines des eaux.

Ne passaient point encor les timides gazons*.
Le danger, c'est ainsi que leur bouche l'appelle,
D'abord effraie ou semble effrayer une belle;
Prudence, adresse, temps, savent l'accoutumer
A le voir sans le craindre et bientôt à l'aimer.
Quand Junon sur l'Ida plut au maître du monde,
Xanthus l'avait tenue au cristal de son onde*,   •
Et sur sa peau vermeille une savante main
Fit distiller la rose et les flots de jasmin.
Cultivez vos attraits; la plus belle nature
Veut les soins délicats d'une aimable culture.
Mais si l'usage est doux, l'abus est odieux.
Des parfums entassés l'amas fastidieux,
De la triste laideur trop impuissantes armes,
A d'indignes soupçons exposerait vos charmes.
Que dans vos vêtements le goût seul consulté
N'étale qu'élégance et que simplicité.
L'or ni les diamants n'embellissent les belles;
Le goût est leur richesse, et, tout-puissant comme elles,
Il sait créer de rien leurs plus beaux ornements;
Et tout est sous ses doigts l'or et les diamants.
J'aime un sein qui palpite et soulève une gaze
L'heureuse volupté se plaît, dans son extase,
A fouler mollement ces habits radieux
Que déploie au Cathay le ver industrieux.
Le coton mol et souple, en une trame habile,
Sur les bords indiens, pour vous prépare et file
Ce tissu transparent, ce réseau de Vulcain,
Qui, perfide et propice à l'amant incertain,
Lui semble un voile d'air, un nuage liquide,

Où Vénus se dérobe et fuit son œil avide.
Sur ses membres. . . . .
S'étend le doux réseau d'une peau diaphane*.
Quand la gaze ou le lin, barrière mal tissue,
Qui la couvre ou plutôt la découvre à sa vue,
Suivant de tout son corps les détours gracieux,
C'est par ses vêtements qu'elle est nue à tes yeux.

Et de ses vêtements couverte et non voilée.

(Je crois avoir déjà mis ce vers - là quelque part, mais je ne puis me souvenir où.)

Un mouvement de désirs tel que celui que l'on éprouve après dîner, lorsqu'on a bu vin, café.

La sombre défiance assiége en vain ta trace*,
Il faut oser. L'amour favorise l'audace.
Les ruses des mortels n'éludèrent jamais
D'un enfant et d'un dieu les ruses et les traits.
Que sert des tours d'airain tout l'appareil horrible?
Que servit à Junon cet Argus si terrible?[1]
Ce front d'inquiétude armé de toutes parts*,
Où veillaient à la fois cent farouches regards?

1. Variante :
    Que servit à Junon son Argus si terrible?

CHANT DEUXIÈME*.

*Il faut qu'un amant sache prendre toutes les formes...
exemples des métamorphoses des dieux... Après trois ou quatre,
finir par raconter en douze ou quinze vers* l'enlèvement d'Europe, traduisant Ovide, livre II*, et Moschus*... D'abord elle a
peur... puis elle finit par s'asseoir sur lui.*

Aux rives de Sidon Jupiter mugissant.

Jupiter quadrupède et sur l'herbe paissant,
Aux rives de Sidon ravisseur mugissant.
Quoique paisible et doux, la vierge qu'il adore
L'approche, fuit, revient, fuit et revient encore;
Puis lui jette des fleurs, s'accoutume à le voir,
Le touche, et sur son flanc ose bientôt s'asseoir.

   L'auteur voulait employer cette pensée empruntée au poëte
Bion de Smyrne :

    λάθρια πηλείδαο φιλάματα, λάθριον εὐνάν.

Et les baisers secrets et les lits clandestins.

Si d'un mot échappé l'outrageuse rudesse*
A pu blesser l'amour et sa délicatesse,
Immobile il gémit; songe à tout expier.
Sans honte, sans réserve, il faut s'humilier;
Tombe même à genoux, bien loin de te défendre*;
Tu le verras soudain plus amoureux, plus tendre,
Courir et t'arrêter, et lui-même à genoux

Accuser en pleurant son injuste courroux.
Mais souvent malgré toi, sans fiel ni sans injure *,
Ta bouche d'un trait vif aiguise la piqûre ;
Le trait vole, tu veux le rappeler en vain ;
Ton amant consterné dévore son chagrin [1].
Ou bien d'un dur refus l'inflexible constance
De ses feux tout un jour a trompé l'espérance.
Il boude ; un peu d'aigreur, un mot même douteux
Peut tourner la querelle en débat sérieux.
Oh ! trop heureuse alors si, pour fuir cet orage,
Les Grâces t'ont donné leur divin badinage [2],
Cet air humble et soumis de n'oser l'approcher *,
D'avoir peur de ses yeux et de t'aller cacher [3],
Et de mille autres jeux l'inévitable adresse [4],
De mille mots plaisants l'aimable gentillesse,
Enfin tous ces détours dont le charme ingénu
Fait éclater un rire à peine retenu [5].

1. Le poëte avait d'abord fait ainsi ce vers :
      Ton amant, l'*œil baissé,* dévore son chagrin.

2. La première pensée du poëte était :
      Les Grâces t'ont donné leur charmant *badinage.*

3. Le manuscrit offre cette variante, qui était la première
pensée de l'auteur :
      Et de craindre ses yeux *et de t'aller cacher.*

4. Le poëte avait d'abord mis :
      Enfin de mille jeux *l'inévitable adresse.*

5. Toutes les éditions portent la première pensée de l'auteur, qui est celle-ci :
      Force un rire amoureux vainement *retenu.*

   Mais la version à laquelle le poëte s'est arrêté est celle
qui est ici donnée.

Il t'embrasse, il te tient, plus que jamais il t'aime ;
C'est ton tour maintenant de le bouder lui-même.
Loin de s'en effrayer, il rit, et mes secrets
L'ont instruit des moyens de ramener la paix.
. . . .
Sache inventer pour lui mille tendres folies[1].
Il faut, en le grondant, le serrer dans tes bras ;
Lui dire, en le baisant, que tu ne l'aimes pas ;
Et les reproches feints, la colère badine ;
Et des mots caressants la mollesse enfantine[2] ;
Et de mille baisers l'implacable fureur.
. . . .

———

Souvent d'un peu d'humeur, d'un moment de caprice
(Toute belle a les siens) il ressent l'injustice ;
Il se désole, il crie, il est trompé, trahi ;
Tu ne mérites pas un amant tel que lui ;
Il a le cœur si bon ! Sa sottise est extrême[3] !
Il te hait, te maudit ; plus que jamais il t'aime.

1. L'auteur avait d'abord fait ainsi ce vers :
   Sache inventer pour lui mille aimables *folies.*

2. Dans la première pensée du poëte, ces deux vers étaient
ainsi :
   Et les reproches feints, les colères badines,
   Et des mots amoureux les douceurs enfantines.

3. Primitivement le vers était comme il suit :
   Mais son cœur est si bon ! sa sottise est extrême !

———

Crains que l'ennui fatal dans son cœur introduit
Puisse compter les pas de l'heure qui s'enfuit.
Il est, pour la tromper, un aimable artifice[1] :
Amuse-la des jeux qu'invente le caprice ;
Lasse sa patience à mille tours malins,
Ris et de sa faiblesse et de ses cris mutins[2].
Tu braves tant de fois sa menace éprouvée,
Elle vole, tu fuis ; la main déjà levée,
Elle te tient, te presse ; elle va te punir[3].
Mais vos bouches déjà ne cherchent qu'à s'unir.
Le ciel d'un feu plus beau luit après un orage.
L'amour fait à Paphos naître plus d'un nuage,
Mais c'est le souffle pur qui rend l'éclat à l'or,
Et la peine en amour est un plaisir encor.
Le hasard à ton gré n'est pas toujours docile ?
Une belle est un bien si léger, si mobile !
Souvent tes doux projets, médités à loisir,
D'avance destinaient la journée au plaisir ;
Non, elle ne veut pas. D'autres soins occupée,
Tu vois avec douleur ton attente échappée.
Surtout point de contrainte. Espère un plus beau jour.
Imprudent qui fatigue et tourmente l'amour.
Essaye avec les pleurs, les tendres doléances,

1. Variante :
   Empêche entre vous deux que l'amour ne languisse.
2. Variante :
   Aiguise des discours malicieux et fins.
3. Variante :
   Elle te suit, t'atteint ; elle va te punir.

De faire à ses desseins de douces violences.
Sinon, tu vas l'aigrir ; tu te perds. La beauté,
Je te l'ai fait entendre, aime sa volonté.
Son cœur impatient, que la contrainte blesse,
Se dépite : il est dur de n'être pas maîtresse.
Prends-y garde : une fois le ramier envolé
Dans sa cage confuse est en vain rappelé.
Cède ; assieds-toi près d'elle ; et, soumis avec grâce,
D'un ton un peu plus froid, sans aigreur ni menace,
Dis-lui que de tes vœux son plaisir est la loi.
Va, tu n'y perdras rien, repose-toi sur moi.
Complaisance a toujours la victoire propice.
Souvent de tes désirs l'utile sacrifice,
Comme un jeune rameau planté dans la saison,
Te rendra de doux fruits une longue moisson.

Flore a pour les amants ses corbeilles fertiles ;
Et les fleurs, dans leurs jeux, ne sont pas inutiles.
Les fleurs vengent souvent un amant courroucé
Qui feint sur un seul mot de paraître offensé.
Il poursuit son espiègle, il la tient, il la presse ;
Et, fixant de ses flancs l'indocile souplesse,
D'un faisceau de bouquet en cachette apporté
Châtie, en badinant, sa coupable beauté,
La fait taire et la gronde, et d'un maître sévère
Imite, avec amour, la plainte et la colère ;
Et négligeant ses cris, sa lutte, ses transports,
Arme le fouet léger de rapides efforts,
Frappe et frappe sans cesse, et s'irrite et menace,
Et force enfin sa bouche à lui demander grâce.

Telle Vénus souvent, aux genoux d'Adonis,
Vit des taches de rose empreintes sur ses lis.
Tel l'Amour, enchanté d'un si doux badinage,
Loin des yeux de sa mère, en un charmant rivage,
Caressait sa Psyché dans leurs jeux enfantins,
Et de lacets dorés chargeait ses belles mains.

Fontenay! lieu qu'Amour fit naître avec la rose,
J'irai (sur cet espoir mon âme se repose),
J'irai te voir, et Flore et le ciel qui te luit.
Là je contemple enfin (ma déesse m'y suit),
Sur un lit que je cueille en tes riants asiles,
Ses appas, sa pudeur, et ses fuites agiles,
Et dans la rose en feu l'albâtre confondu,
Comme un ruisseau de lait sur la pourpre étendu.

Dans les plaisanteries pour rire, il faut prendre garde de ne rien dire qui puisse être une vérité.

L'amour est délicat, un rien peut le blesser.

Quand on a resté avec ce qu'on aime, même sans rien dire, le temps a passé vite, on s'étonne toujours qu'il soit déjà si tard.

La prière. . . . .
Ou l'ordre impérieux, faveur plus douce encore.

Ce mélange incroyable et divin
    De raison, de délire,
D'exigence et de soins, d'esclavage et d'empire.

Sur sa lèvre de rose et d'amour parfumée,
Cueillir la douce fleur d'une haleine embaumée.

La jeune Hébé donnée au courage d'Alcide.

Quand on a été longtemps importuné par des témoins...

Dans un premier baiser l'âme entière se noie.

Un jeune homme

Croit toujours de beaux yeux garants d'une belle âme.

Et sur son cou d'ivoire
D'une dent chatouilleuse avec un doux murmure[1]
Imprimera la molle et suave blessure.

                    Rugis uterum Lucina notavit*.
De Lucine avec art dissimuler l'outrage.

---

1. L'auteur avait mis d'abord :
    D'une dent amoureuse *avec un doux murmure.*

Obéis ; c'est un dieu, c'est un enfant colère.

———————

Baisers mêlés de pleurs, soupirs, molle complainte.

———————

.   .   .   . Et tant de probité
Ne fut rien qu'ignorance et que rusticité.

———————

Et tu sais bien quel est auprès de la beauté
L'attrait même du crime et de la nouveauté.

CHANT TROISIÈME*.

. . . .
C'est l'amour qui, trompant la sombre vigilance,
Sait donner devant elle une voix au silence.

———

Une jeune beauté par lui seul affermie,
Quand la troupe aux cent yeux est enfin endormie,
De son lit qui pleurait l'absent trop attendu
Fuit, se glisse, et d'un pied muet et suspendu
Au jeune impatient va, d'aise palpitante,
Ouvrir enfin la porte amie et confidente;
Et sa main, devant elle, interroge sans bruit
Et sa route peureuse et les murs et la nuit.

. . . .

Il apprend aux soupirs à s'exhaler à peine;
Il instruit, près des murs qui pourraient vous ouïr,
Vos baisers à se taire et ne vous point trahir.

———

, ... L'obstacle encourage l'amour.
J'épargne le chevreuil que nul bois, nul détour
Ne dérobe à mes traits dans la vaste campagne;
Je veux le suivre au haut de la sombre montagne,

Et, trempé de sueurs, affronter en courant
La ronce hérissée et l'orageux torrent.

Retenez, il est temps, le songe qui s'enfuit ;
Belle et rapide fleur, doux enfant de la nuit ;
Le jour vient, il t'appelle, empresse-toi d'éclore :
Ah! tu ne verras point une seconde aurore.

Les mains de Calliope et celles de l'amour.
La couronne de fleurs qui vivent plus d'un jour.

. . . .
. . . .

De tes traits languissants observe la pâleur ;
Si telle est des amants l'amoureuse couleur.
Procris, pâle et mourante, aux bois suivait Céphale.
Vois, pour Endymion, Phœbé mourante et pâle,
Vois d'Alphée éploré pâlir le front vermeil,
Et la pâle Clytie amante du soleil.

Quand l'ardente saison fait aimer les ruisseaux,
A l'heure où, vers le soir, cherchant le frais des eaux,
La belle nonchalante à l'ombre se promène ;
Que sa bouche entr'ouverte et que sa pure haleine,
Et son sein plus ému de tendresse et de vœux,
Appellent le baiser et respirent ses feux ;
Que l'amant peut venir, et qu'il n'a plus à craindre
La raison qui mollit et commence à le plaindre ;

Que sur tout son visage, ardente et jeune fleur*,
Se répand un sourire insensible et rêveur;
Que son cou faible et lent ne soutient plus sa tête;
Que ses yeux, dans sa course incertaine et muette*,
Sous leur longue paupière à peine ouverte au jour
Languissent mollement et sont noyés d'amour.

Sur l'oreiller d'amour tous deux.

A la fin du morceau de Protée * :

Et tu verras ainsi contre tes fers agiles,
Se briser ses efforts et ses ruses fragiles.

---

*Au troisième chant, histoire des grossières amours des premiers
âges; le luxe et l'art s'introduisant peu à peu dans la manière
d'aimer... Athènes, Corinthe, Rome... Phryné.*

D'un style grossier l'obscène nudité.

---

*Il faut bien observer que ce qui est généralement un défaut dans
les femmes, est souvent une grâce et une gentillesse dans une
seule. Particulièrement de bien manger à table.*

Les beaux garçons sont souvent si bêtes.
*Un homme doit se conformer au goût des femmes. Il doit quel-
quefois coudre, broder, faire de la tapisserie; mais il ne faut pas
qu'il s'y montre trop adroit; au contraire, il vaut mieux qu'il*

affecte de s'y prendre mal. Hercule auprès d'Omphale. Sa maladresse qui amusait cette dame*.

Le mot d'un peintre : Ne pouvant la faire belle, tu l'as faite riche.

Ce n'est pas que je veuille condamner les femmes à ne songer qu'aux affaires du ménage. J'aime fort qu'une belle main habile à manier la plume et l'aiguille, cultive à la fois l'une et l'autre Minerve.

Un vers en comparaison Nervis alienis mobile signum.

. . . .
Aux signes de l'aimant statue obéissante,
S'enflamme au seul aspect d'un feu contagieux.
Ainsi, quand au hasard un doigt harmonieux
Agite et fait parler une corde sonore,
Une autre corde au loin qu'on négligeait encore
D'elle-même résonne, éveillée à ce bruit,
Et s'unit à sa sœur, et l'écoute et la suit*.

Aux bords où l'on voit naître et l'Euphrate et le jour,
Plus d'obstacle et de crainte environne l'amour.
Aussi . . . .
. . . .
. . Sans se pouvoir parler même des yeux,
On se parle, on se voit. Leur cœur ingénieux
Donne à tout une voix entendue et muette,
Tout de leurs doux pensers est le doux interprète.

Désirs, crainte, serments, caresse, injure, pleurs,
Leurs dons savent tout dire; ils s'écrivent des fleurs.
Par la tulipe ardente une flamme est jurée;
L'amarante immortelle atteste sa durée;
L'œillet gronde une belle. Un lis vient l'apaiser.
L'iris est un soupir; la rose est un baiser.
C'est ainsi chaque jour qu'une sultane heureuse
Lit en bouquet la lettre odorante, amoureuse.
Elle pare son sein de soupirs et de vœux;
Et des billets d'amour embaument ses cheveux.

Voir d'Herbelot au mot Laleh *qui signifie une tulipe.* (D'Herbelot, *Bibliothèque orientale,* 4 vol. in-4°.)

Offrons tout ce qu'on doit d'encens, d'honneurs suprêmes,
Aux dieux, à la beauté plus divine qu'eux-mêmes.
Puisse aux vallons d'Hémus, où les rocs et les bois
Admirèrent d'Orphée et suivirent la voix,
L'Hèbre ne m'avoir pas en vain donné naissance!
Les muses avec moi vont connaître Byzance;
Et si le ciel se prête à mes efforts heureux,
De la Grèce oubliée enfant plus généreux,
Sur ses rives jadis si noblement fécondes,
Du Permesse égaré je ramène les ondes.
Pour la première fois de sa honte étonné,
Le farouche turban, jaloux et consterné,
D'un sérail oppresseur, noir séjour des alarmes,
Entendra nos accents et l'amour et vos charmes.
C'est là, non loin des flots dont l'amère rigueur
Osa ravir Sestos au nocturne nageur,
Qu'en des jardins chéris des eaux et du zéphyre,

Pour vous, rayonnant d'or, de jaspe, de porphyre,
Un temple par mes mains doit s'élever un jour.
Sous vos lois j'y rassemble une superbe cour
Où de tous les climats brillent toutes les belles :
Elles règnent sur tout et vous régnez sur elles.
Là des filles d'Indus l'essaim noble et pompeux,
Les vierges de Tamise, au cœur tendre, aux yeux bleus,
De Tibre et d'Éridan les flatteuses sirènes,
Et du blond Eurotas les touchantes Hélènes,
Et celles de Colchos, jeune et riche trésor,
Plus beau que la toison étincelante d'or,
Et celles qui, du Rhin l'ornement et la gloire,
Vont dans ses froids torrents baigner leurs pieds d'ivoire,
Toutes enfin; ce bord sera tout l'univers.

. . . .

. . . .

. . . .

L'amour croît par l'exemple, et vit d'illusions.
Belles, étudiez ces tendres fictions
Que les poëtes saints, en leurs douces ivresses,
Inventent dans la joie aux bras de leurs maîtresses :
De tout aimable objet Jupiter enflammé,
Et le dieu des combats par Vénus désarmé,
Quand, la tête en son sein mollement étendue,
Aux lèvres de Vénus son âme est suspendue,
Et dans ses yeux divins oubliant les hasards,
Nourrit d'un long amour ses avides regards;
Quels appas trop chéris mirent Pergame en cendre;
Quelles trois déités un berger vit descendre,
Qui, pour briguer la pomme abandonnant les cieux,

De leurs charmes rivaux enivrèrent ses yeux ;
Et le sang d'Adonis, et la blanche hyacinthe
Dont la feuille respire une amoureuse plainte ;
Et la triste Syrinx aux mobiles roseaux,
Et Daphné de lauriers peuplant le bord des eaux ;
Herminie aux forêts révélant ses blessures ;
Les grottes, de Médor confidentes parjures ;
Et les ruses d'Armide, et l'amoureux repos
Où, sur des lits de fleurs, languissent les héros ;
Et le myrte vivant aux bocages d'Alcine.
Les Grâces dont les soins ont élevé Racine
Aiment à répéter ses écrits enchanteurs,
Tendres comme leurs yeux, doux comme leurs faveurs.
Belles, ces chants divins sont nés pour votre bouche.
La lyre de Le Brun, qui vous plaît et vous touche,
Tantôt de l'élégie exhale les soupirs,
Tantôt au lit d'amour éveille les plaisirs.
Suivez de sa Psyché la gloire et les alarmes ;
Elle-même voulut qu'il célébrât ses charmes,
Qu'Amour vînt pour l'entendre ; et dans ces chants heureux
Il la trouva plus belle et redoubla ses feux.
Mon berceau n'a point vu luire un même génie :
Ma Lycoris pourtant ne sera point bannie.
Comme eux, aux traits d'Amour j'abandonnai mon cœur,
Et mon vers a peut-être aussi quelque douceur.

LA SUPERSTITION*.

Il faut faire, et le plus tôt possible, un poëme sur la superstition. Environ cent cinquante vers.

Notre siècle n'a pas tant à se glorifier... Il semble que tous les hommes soient destinés à être superstitieux... Chaque siècle l'est à sa manière... détailler cela... Il y a maintenant en Europe un germe de fanatisme... Dans les glaces du Nord des cerveaux brûlants... magnétisme... martinisme... Swedenboerg... Cagliostro...

Un mensonge vieillit, il devient ennuyeux ;
Il prend une autre forme et reparaît aux yeux.
Pensant le fuir, trompés à sa ruse infidèle,
Nous courons l'embrasser sous sa forme nouvelle.
Nous fuyons un prestige, une vaine fureur,
Non pour la vérité, mais pour une autre erreur.

. . . .

. . . .

J'aime à voir les humains, ces êtres glorieux
Nés pour lever la tête et regarder les cieux,
Dans la fange à plaisir courbant ce front superbe,
Marcher sur quatre pieds et braire et brouter l'herbe*.

Mais j'entends celui-ci m'objecter : Mais Dieu ne peut-il pas?... Dieu ne peut pas ce qui... Tu fais de plats systèmes... Tu crois peut-être que Dieu fera des miracles pour t'empêcher d'avoir été un sot...

. . . . Thaumaturge imbécile

Sois absurde, ignorant, quadrupède à ton gré.

. . . . et qui fait des miracles
N'aura que mes mépris et mon inimitié;
Qui les croit et les aime excite ma pitié.

L'avide charlatan peut tout ce qu'il veut... Il suffit qu'il ait la vogue. Alors, sans esprit, sans idée... Si même il écorche le français, cela n'en vaut que mieux... Le capable auditeur qui se croit du génie voit du génie aussi dans...
Il trouve, il reconnaît mille sens au lieu d'un
Dans cet amas de mots qui n'en forment aucun*.

Et de ce noir chaos plus la nuit est grossière,
Plus son œil trouble et louche y croit voir de lumière

Je ne veux point sur eux, toutefois, invoquer les châtiments...
Ne scutica dignum horribili sectere flagello*.
Les persécuter, c'est les rendre intéressants même à ceux qui les méprisent.

Que le glaive des lois frappe le malfaiteur.
C'est à nous de punir le prophète menteur.
Voulant nous abuser, c'est nous seuls qu'il outrage.
Arabe vagabond, s'il ose, à chaque page,
Enfler de contes vains ses orgueilleux récits,
Et frapper sur l'épaule à des rois ses amis;
S'il étale partout, dans sa plate éloquence,
Des temps, des lieux, des mœurs une absurde ignorance,

Aussitôt contre lui l'équitable raison
S'arme du ridicule et non de la prison.
Mais si l'on vient. . . . . avec scandale
L'immoler aux abois d'une plume vénale.

> *Si l'on veut le perdre sans un crime prouvé*
> *Et presque sur sa tête attirer le supplice,*
> *Les gens de bien alors sauront avec justice,*

Et séparant en lui sa vie et son malheur,
Rire de ses travers, mais plaindre sa douleur.

> *Oh! combien ces charlatans, seuls, à souper avec leurs confi-*
> *dents, doivent rire en se rappelant...*
> *Un jeune homme ayant retenu quelque phrase de Voltaire se*
> *moque de tous ces rêves sacrés qu'enfanta le Jourdain... puis il*
> *vous dit tranquillement ceci et cela... il croit tout cela moins ridi-*
> *cule que l'eau changée en vin... Une jolie femme... écoutant des*
> *expressions de métaphysique vous prouve... elle voit des esprits...*
> *elle vous en fera voir... soit, j'y consens pour moi. Tout ce*
> *qu'elle voudra me montrer, je le verrai avec plaisir. Quelque*
> *prestige que nous*...*

Θέσπιακ. αίσχ*.

. . . .

Ses enfants! Les chrétiens ne sont plus sa famille!
Quoi! l'Église de Dieu n'est plus sa seule fille!...
Leur naissance est un crime et pour eux et pour lui.
Et quels enfants encore il avoue aujourd'hui!
L'une, à la fois, grand Dieu! sa fille et sa maîtresse!
(O nom de la pudeur! ô saint nom de Lucrèce!)
Tous méchants comme lui, dignes de son amour.
Lui seul dans l'univers put leur donner le jour.

Ses fils, vraiment ses fils, lâche et coupable engeance,
A son école impie ont appris la vengeance,
L'imposture, la soif de l'or et des États,
L'art des poisons secrets et des assassinats.
Sa fille, à l'impudence en naissant élevée !
A ses époux mourants par son père enlevée !
A son frère, à son père indignement aimé,
Son sacrilége lit n'est pas même fermé.
Prêtre fornicateur, d'un inceste adultère .
Le monstrueux mélange était fait pour lui plaire.
Des baisers de la fille, et des crimes des fils,
Ou le sceptre, ou la pourpre, ou la mitre est le prix.
Non, certes, l'Esprit-Saint, ennemi du parjure,
Ne saurait habiter cette poitrine impure.
Non, les anges du ciel n'approchèrent jamais
Ces lèvres, ni ces yeux affamés de forfaits.
O Christ! agneau sans tache, ô Dieu sauveur de l'homme * !
Non, tu ne souris point sur les autels de Rome,
Lorsque parmi ses fils, ce pontife assassin,
Que sa fille impudique a tenu sur son sein,
Couvrant des trois bandeaux sa tête diffamée,
Ouvre, pour te louer, sa bouche envenimée ;
Quand ses mains, de poisons artisans odieux,
Touchent ton corps sacré, nourriture des cieux ;
Quand . . . .
Il tend sur les chrétiens sa droite incestueuse,
Et, pour bénir le peuple, ose de rang en rang,
Lever ses doigts souillés de crimes et de sang.

Rome n'a pas vu autant de crimes depuis Néron, Caligula,

Commode... mais ces misérables n'étaient pas pontifes d'un Dieu
de paix... mais la sainteté n'était pas leur titre... mais ils ne
s'appelaient pas saint père... mais ils n'osèrent point, dans cet
auguste lieu, se nommer serviteur des serviteurs de Dieu.

Hommes saints, hommes dieux, exemple des Romains*,
Divin Caton, Brutus, les plus grands des humains,
Pensiez-vous que jamais, plein d'orgueil et de gloire,
Au milieu des respects d'un stupide auditoire,
Dans un poudreux gymnase au mensonge immolé,
Un rhéteur imbécile et d'ignorance enflé,
Sur la foi d'un sophiste élève de Carthage,
Dût prouver que vos cœurs n'eurent qu'un vain courage
Et qu'une vertu vaine, et que ce prix si doux
De s'immoler pour elle était vain comme vous ?
Vous dévouer aux feux où le crime s'expie ;
Vous prodiguer les noms et de lâche et d'impie,
Pour n'avoir pas voulu montrer à l'univers
Aux pieds du crime heureux la vertu dans les fers ?

O délicieuse étude que celle de ces anciennes histoires !... elles
entretiennent le cœur dans une noble haine pour la tyrannie... et
l'amour pour...

. . . .

Cette foule de rois, sujets du peuple roi.

Une charrue barbare (visigothe, lombarde, turque) foule et
retourne les ossements de tels et tels Grecs et Romains. Les
Fabiens, les trois cents Spartiates...
  Dans le rapide tableau de l'histoire romaine, parler de Marius
en imitant Lucain, livre II.*
  Premiers triumvirs... O Crassus !... tu voulus te presser...

.

C'était bien la peine d'avoir battu Spartacus... pour aller faire
égorger des légions et périr aux champs de Babylone, blancs
d'ossements romains... Et vous, César et Pompée, vous faites une
guerre civile au lieu... (Voyez Lucain*.) Allez dans ces champs
blancs d'ossements romains,

Allez voir de Crassus errer l'ombre sanglante,
Qui, les mains sur le front, les cheveux hérissés,
Pâle, les yeux en pleurs vers la terre baissés,
Maudit et son orgueil et l'Arabe perfide,
Et le Parthe et ses traits et sa fuite homicide.

Allez dans ces forêts d'Allemagne sous les ordres du grand
Germanicus venger vos pertes,

Et ravir aux affronts des féroces Germains
Les aigles que Varus a laissés dans leurs mains.

L'aigle, oiseau romain.

Oui, partout invoquant le sceptre ou la tiare,
Partout, de l'ignorance appui lâche et barbare,
Partout, d'un fer absurde armant ses viles mains,
Partout, au nom des dieux, écrasant les humains,
La stupidité règne, insolente, impunie,
Tourmente les talents, opprime le génie,
Punit la vérité du courageux affront
Qui, sous le diadème, a fait rougir son front*.

LA SOLITUDE *.

*O grottes du mont Harra, vous vîtes l'enfant d'Ismaël méditer longtemps, etc. *... Voyez Savary, Vie de Mahomet, page 19... Mettre cette apostrophe dans un poëme sur la solitude, ou bien dans une promenade sur les bords de tel ou tel fleuve oriental où il y aurait un morceau sur les charmes de la solitude, et où je décrirais ce que j'aurais vu en Syrie, en Égypte, si j'avais eu le bonheur d'y aller.*

Cet ouvrage pourrait commencer par une invocation à la solitude : O toi qui habites sous les arbres de... qui fais ceci et cela, qui fais qu'un homme est lui-même et que tous les esprits ne sont pas jetés dans le même moule ; solitude, le véritable élément d'un enfant des neuf sœurs. Je pourrai me représenter environné du souvenir de tous mes amis...

La solitude qui erre à pas lents dans tel et tel bois, sur telle et telle montagne, dans telle et telle vallée.

Cela peut commencer ainsi... O mon imagination, mon esprit, viens voir le torrent tomber... échauffons-nous là et chantons. (Mais cela commencera mieux une ode étrangère. Je m'entends bien.)

L'ASTRONOMIE *.

Le poëte enivré de ses jeunes fureurs,
Fuyant de l'envieux les bassesses obscures,
Se transporte en esprit dans les races futures,
Et, promenant ses pas sous le bois égarés,
Des poëtes divins relit les vers sacrés.
Leurs triomphes n'ont point abattu son courage.
Il mesure leur vol qui plane d'âge en âge.
L'ardeur de suivre aussi cet illustre chemin
Soulève ses cheveux, aiguillonne sa main.
Il ferme le volume. Il erre, il se tourmente ;
Des vers tumultueux de sa bouche éloquente
Roulent. Seul avec lui, superbe et satisfait,
Il s'écoute chanter, se récite, se plaît.
Et puis quand de la nuit les heures pacifiques
Ont calmé de ses sens ces vagues poétiques,
Il reprend son travail. Consterné, furieux,
Il n'y voit que défauts qui lui choquent les yeux.
Il jure d'oublier sa fatale manie,
Les muses, ses projets. Mais bientôt son génie,
Prompt à se rallumer, en de nouveaux transports
S'élance, et se raidit à de nouveaux efforts.

Exposer dans ce petit poëme, adressé à M. Bailly, que les poëtes de nos jours n'ont aucunes teintures d'astronomie, d'histoire naturelle, de sciences; que, dès qu'ils savent assembler quelques rimes, ils se croyent poëtes... que les anciens étaient plus savants... Puis faire en une vingtaine de vers l'histoire de la poésie... Les premiers poëtes étaient francs, libres, généreux; ne vantaient que les belles actions; et comme, dans cette égalité des hommes, il n'y avait personne à flatter, ils ne flattèrent personne... Ensuite, ils devinrent lâches, m........, flatteurs. Les délices des vers couvrirent les plus grandes infamies... car il est très-vrai que les arts ne s'accordent pas avec des mœurs austères.

Ensuite faire un petit précis de l'histoire de l'astronomie au moins moderne (car l'histoire de son invention sera faite in Δ`). Vanter l'étude de l'astronomie en disant: — Que voyons-nous autour de nous? des bassesses, des atrocités. Nous jetons-nous dans l'histoire? L'histoire est sanglante de crimes. A peine dans un amas d'horreurs trouve-t-on deux ou trois actions vertueuses. C'est ainsi que... (belle comparaison). Heureux donc mille fois le sage qui, s'élevant au-dessus de la fange des passions humaines, se loge au sommet des montagnes, vit avec sa femme, ses enfants, quelques amis, et avec ses livres et ses télescopes; n'étudie que l'histoire du ciel, qui est si douce et si pure, jusqu'à ce que, accablé de vieillesse, assis sur son lit et regardant les cieux, il exhale et rejoigne à l'âme universelle cette portion qui lui en était échue en partage et que son corps emprisonnait.

Ἐν τῷ ἀστρονομικῶν ἤ κοσμιχ. γ. η. δ. `

Salut, ô belle nuit, étincelante et sombre,
Consacrée au repos. O silence de l'ombre,
Qui n'entends que la voix de mes vers, et les cris
De la rive aréneuse où se brise Téthys.
Muse, muse nocturne, apporte-moi ma lyre `.
Comme un fier météore, en ton brûlant délire,
Lance-toi dans l'espace; et pour franchir les airs,
Prends les ailes des vents, les ailes des éclairs,

Les bonds de la comète aux longs cheveux de flamme.
Mes vers impatients, élancés de mon âme,
Veulent parler aux dieux, et volent où reluit
L'enthousiasme errant, fils de la belle nuit.
Accours, grande nature, ô mère du génie ;
Accours, reine du monde, éternelle Uranie.
Soit que tes pas divins sur l'astre du lion
Ou sur les triples feux du superbe Orion
Marchent, ou soit qu'au loin, fugitive emportée,
Tu suives les détours de la voie argentée,
Soleils amoncelés dans le céleste azur,
Où le peuple a cru voir les traces d'un lait pur,
Descends ; non, porte-moi sur ta route brûlante,
Que je m'élève au ciel comme une flamme ardente
Déjà ce corps pesant se détache de moi.
Adieu, tombeau de chair, je ne suis plus à toi.
Terre, fuis sous mes pas. L'éther où le ciel nage
M'aspire. Je parcours l'océan sans rivage.
Plus de nuit. Je n'ai plus d'un globe opaque et dur
Entre le jour et moi l'impénétrable mur.
Plus de nuit, et mon œil et se perd et se mêle
Dans les torrents profonds de lumière éternelle.
Me voici sur les feux que le langage humain
Nomme Cassiopée et l'Ourse et le Dauphin.
Maintenant la Couronne autour de moi s'embrase.
Ici l'Aigle et le Cygne et la Lyre et Pégase.
Et voici que plus loin le Serpent tortueux
Noue autour de mes pas ses anneaux lumineux.
Féconde immensité, les esprits magnanimes
Aiment à se plonger dans tes vivants abîmes.

Abîmes de clartés, où, libre de ses fers,
L'homme siége au conseil qui créa l'univers ;
Où l'âme, remontant à sa grande origine,
Sent qu'elle est une part de l'essence divine.*

L'auteur devait employer dans ce poëme une comparaison
tirée d'un passage de Quintilien, où il cite Pindare, pour établir que le poëte doit tout tirer de son propre fond. Voici ce
qu'il a écrit :

Tiré de Pindare dans Quintilien.

*Il ne ramasse point l'eau qui tombe des cieux quand l'automne
tarit leur trésor pluvieux ; c'est de son propre sein que des sources
fécondes jaillissent*...*

C'est en parlant de Cicéron que Quintilien, dans ses institutions oratoires, emploie cette métaphore empruntée à Pindare. Voici ce passage de Quintilien où il consigne son opinion sur l'orateur romain :

*Nam mihi videtur M. Tullius, cum se totum ad imitationem
Græcorum contulisset, effinxisse vim Demosthenis, copiam Pla-
tonis, jucunditatem Isocratis. Nec vero quod in quoque optimum
fuit studio consecutus est tantum, sed plurimas, vel potius omnes
ex se ipso virtutes extulit immortalis ingenii beatissima ubertate.
Non enim pluvias (ut ait Pindarus) aquas colligit, sed vivo
gurgite exundat, dono quodam providentiæ genitus in quo totas
vires suas eloquentia experiretur. — Quintil., institut. orat.,
lib. X, cap. I, p. 916, édit. de Burmann, in-4°, 1720.*

NOUS N'AVONS POINT

DE

NAÏVETÉ.*

Dans un poëme sur ce que nous n'avons point de naïveté...
Je n'irai point au théâtre, à la cour, à la ville, essuyer les
caprices d'un public trop superbe et non moins ignorant...

BATAILLE D'ARMINIUS *.

Θεσπιακ. αισχ.

*Peindre Quintilius Varus comme il est représenté par Velleius
Paterculus, doux, tranquille, épicurien, voulant soumettre les
Germains par une administration civile, plutôt que par les armes.
Faire bien contraster le ton des Romains et celui des Germains,
que les Romains appelleront toujours* les Barbares. *Arminius
(c'est ainsi que les Romains l'appelleront, et les Germains Her-
mann) ouvrira* en entrant avec ses compagnons et venant d'enlever la fille de Segeste, Germain ami des Romains. Il parlera de
ce traître... Segeste découvrira à Varus qu'Arminius soulève les
Germains... et lui conseillera de le faire enchaîner lui-même
ainsi qu'Arminius et tous les chefs germains. Indolence de Varus...
qui lui dit que c'est l'enlèvement de sa fille qui le rend si ennemi
d'Arminius... mais qu'il lui fera justice...*

*Représenter ensuite les passe-temps des Romains au camp...
Enfin la révolte des Germains est assurée. Les Romains s'arment
et repoussent un parti de Germains... et reviennent triomphants
au camp. C'est le soir. Les Germains enterrent leurs morts.
Chant lugubre des bardes à imiter d'Ossian. Souper dans la tente
de Varus. Ils sont fiers de leur victoire. (Les Germains se sont
laissé battre et ont fui pour les attirer demain dans des endroits
marécageux, etc.) Ils parlent de celle qu'ils remporteront demain... Leur joie est interrompue par les chants et les cris des
barbares sur la montagne, qu'on doit entendre de loin (deux ou
trois vers tout au plus... et plusieurs fois). Ils se félicitent de ce
qu'ils retourneront bientôt en Italie, dont ils font des descriptions
qu'il faut tirer des poëtes romains de ce temps-là... puis l'un*

d'eux fait une peinture poétique de leur triomphe... Les chefs des
barbares enchaînés... Le char... les bas-reliefs en bronze... où
telle et telle montagne couverte de neige, de bois... Tel et tel
marais... tel ou tel fleuve, le Rhin, l'Elbe, la tête basse, roule-
ront leur onde captive... Ils finissent par se couronner de fleurs...
et un chœur de courtisanes romaines chante des vers traduits
d'Horace, de Tibulle, etc. Au point du jour, le signal du combat... Les chœurs de bardes descendent devant l'armée et chantent
des chants guerriers... La bataille... Varus blessé et désespéré
vient, accuse sa folie, et se tue. Les barbares emportent les corps.
Statue d'Odin. Ils lui offrent ces corps morts, lui consacrent les
armures, les boucliers, les aigles, insultent les Romains... Les
bardes (dont le chant, comme tous les autres, sera coupé soit par
strophes et antistrophes, soit par demi-chants, ἡμιχόρ.*, d'égales
mesures) chantent le triomphe. Le dernier vers de chaque strophe
ou demi-chœur doit être :

> Bois, Odin, c'est du sang romain.

Cela doit être répété quatre fois dans ce dernier cantique. Il
faut mettre ceci :

> Les sept monts, tyrans de la terre,
> Tressailleront d'épouvante et d'effroi ;

> Le Tibre... leur Etna jettera des flammes...
> ... Le Capitole tremblera et Jupiter sera renversé.

> Cet auguste invaincu, ce César fils des dieux,
> Ce monarque des sept collines.

Il mettra ce jour-ci parmi les nefasti... Chaque année à pareil
jour il portera le deuil... il laissera croître ses cheveux et sa
barbe. Oh! quand il apprendra cette nouvelle à table, à son festin!... la coupe pleine de falerne lui tombera des mains... il ne
voudra plus prendre de nourriture... il ne voudra plus baiser les
joues des jeunes vierges que sa femme lui a amenées...

De son front pâlissant son insolent laurier
    Tombera réduit en poudre.

Seul, loin de ses amis, fuyant sous son toit,
Comme l'oiseau timide qui vient d'entendre la foudre,
Il ne voudra voir personne, ni sa femme, ni son sénat en deuil
et en pleurs qui frappera de sa tête le seuil de son palais. De son
front chargé de cent couronnes, il frappera les murs de son palais
dominateur du monde,
Et d'une voix de sanglots étouffée
Il s'écriera : — Varus, où sont mes légions¹ ?
Chaque nuit il verra l'ombre de Varus... le champ de bataille
tout blanchi d'ossements... les marais roulant des cadavres... La
statue d'Odin entourée d'aigles et de drapeaux romains... Alors
il se réveillera en sursaut, tout trempé de sueur, tout tremblant
d'effroi... car il aura entendu nos chants terribles comme la tem-
pête :

A son esprit le songe aux ailes noires
Aura porté la voix du fier Germain
    Qui chantait au dieu des victoires :
    Bois, Odin, c'est du sang romain *.

1. Variante :
    Il s'écriera : — Varus, rends-moi mes légions !

LA RECONNAISSANCE.

Après avoir détaillé que la reconnaissance n'est point l'objet d'un bienfaiteur... il le fait pour... pour se procurer la jouissance suprême

D'avoir d'un homme enfin soulagé les besoins
Et de voir sur la terre un malheureux de moins.

Trompé, trahi par un ingrat, il ajoute :

Il pleurait, je pleurai. Non, ce n'est point en moi
Qu'habite l'homme dur, seul, tout entier à soi,
Dont l'œil n'a point de pleurs pour les maux de ses frères,
Qui, lorsque l'indigent, dans ses plaintes amères,
Vient répandre à ses pieds les larmes de la faim,
Ferme son cœur farouche et son avare main ;
Qui, dans ces longs projets où notre esprit s'élance,
N'a jamais envié la suprême puissance
Pour voir tous les humains l'aimer, bénir leur sort,
Descendant à pas lents du bonheur à la mort.

Que m'a-t-il enlevé? — De l'argent dont j'aurais fait peut-être un mauvais usage. Mais m'a-t-il enlevé... d'avoir vu la joie égayer et ranimer un visage flétri de tristesse*?

———————————

LA FRANCE LIBRE *.

1791.

Entre l'Océan, les Alpes et les Pyrénées, j'ai vu une femme (la France) malade, languissante... mais à travers cet état de langueur, on découvrait ce qu'elle aurait été...

Quelques grands hommes sont éclairés, mais la nation est encore barbare... tel un arbre né sur un terrain fangeux a beau pousser vers le ciel des rameaux magnifiques... ses racines ne s'en plaisent pas moins à s'enfoncer dans la fange...

Plus loin il aurait dit :

Mais qui est-ce qui avance de si folles maximes ? — Est-ce L'Hôpital...

Charron, qui fut un prêtre et connut la sagesse ;
Montesquieu, ce mortel qu'eût adoré la Grèce,
Et que, dans ce palais qui devrait l'écouter,
Un sot en écarlate a le front d'insulter ?... *
Non, ... hactenùs . . . .

Puis, arrivant à l'époque de la promulgation de la constitution de 1791, animé de l'enthousiasme que partageaient tous les Français amis d'une sage· liberté, il écrivit dans un· moment de verve les vers que voici :

Pour son roi,. pour son père, il vient te reconnaître.
Si dans un rang obscur le destin t'eût fait naître,

Homme bon, vertueux, c'est toi, c'est encor toi[1]
Que la France équitable aurait choisi pour roi.

Laissant un intervalle d'environ dix vers, l'auteur continue
en parlant ainsi du serment prêté à la Constitution :

O jour! s'écrîront-ils, jour grand et précieux,
Jour sacré, le plus beau qu'aient fait luire les cieux,
Quand le roi citoyen, l'idole de la France,
Vit chaque citoyen de son empire immense
Lui jurer d'être libre et fidèle à la loi,
Fidèle à sa patrie et fidèle à son roi!
Roi, l'amour des Français, l'honneur du diadème!
Compagne de sa gloire et de son rang suprême,
Reine, couple chéri, contemplez vos bienfaits :
Par vous la liberté naît au sein de la paix!
Vous ne voulez de nœuds, entre vous et la France,
Que d'amour, de respect, de foi, de confiance!
Contemplez vos bienfaits, et qu'en un long oubli
Tout sujet de douleur demeure enseveli.
Toujours sur son berceau qu'anime un grand courage,
La liberté naissante élève quelque orage,
Et le peuple, agité dans ses fougueux efforts,
Souvent à quelque excès égare ses transports;
Mais la concorde enfin, et l'ordre, et l'harmonie,
Amènent près de vous la France réunie;
Et le calme et la paix sont préparés pour vous,
Dans le port que vos mains ont ouvert devant nous*.

1. Variante :
  Juste, bon, vertueux, c'est toi, c'est encor toi.

LES

CYCLOPES LITTÉRAIRES

CHANT PREMIER.

Ce n'est plus un sommet serein, couvert de fleurs,
Qu'habitent aujourd'hui les poétiques sœurs;
C'est l'antre de Lemnos, sombre et sinistre asile,
Où vingt Cyclopes noirs et d'envie et de bile,
Prompts à souffler des feux par la haine allumés,
Trempent aux eaux du Styx leurs traits envenimés;
Et d'outrage, de fiel, de calomnie amère,
Forgent sous le marteau l'Iambe sanguinaire.

Toi donc, ô dieu des vers, qui nourris de tes eaux
Ton interprète heureux, le sage Despréaux,
Et Voltaire, et Corneille, et l'âme de Racine,
Et Malherbe, et Lebrun à la lyre divine,
Et ce rêveur charmant chez qui, jusqu'aux poissons,
Tout parle, tout, pour l'homme, a d'utiles leçons;
Et deux ou trois encore, honneur de ton empire,
Que la France a vus naître et que l'Europe admire,

Donne-moi de pouvoir sous leurs riches palmiers
Faire germer aussi mes timides lauriers!
Donne-moi, d'un poëte, esprit, gloire, génie,
Tout, excepté pourtant l'enfantine manie
De tel, qui, possédé de son docte travers,
Inepte et bête à tout ce qui n'est pas des vers,
Ridicule jouet d'une verve inquiète,
A toute heure est poëte et n'est rien que poëte.

. . . .

. . . .

. . . .

Pour tout esprit bien fait les lettres ont des charmes.
A ce penchant si doux on voudrait obéir;
Les lettrés ont pris soin de les faire haïr.
Elles n'ont point ici d'ennemis plus contraires
Que ces brigands pompeux, ministres littéraires,
Dont la ligue, formée en corps tumultueux,
Repousse l'homme simple, et droit, et vertueux.
Ah! de quelque laurier que leur main nous honore,
Il faut les bien aimer pour les aimer encore,
Quand d'un œil studieux on a vu tour à tour
Quels indignes humains commandent dans leur cour.

Mais il fait beau les voir s'écriant tous ensemble,
Tels qu'en un carrefour où la meute s'assemble,
Des dogues, l'œil ardent et luttant à grands cris,
D'un festin nuptial s'arrachent les débris;
D'une triste assemblée, immolée à leurs veilles,
Se disputer entre eux les yeux et les oreilles.
L'un au loin dans Strabon voyage et s'applaudit;

L'autre un calcul en main l'arrête et l'interdit;
Mais l'autre au milieu d'eux, toujours, toujours poëte,
Improvise, extravague, embouche la trompette,
Répond en hémistiche et cite de grands mots
Qu'au théâtre le soir mugit quelque héros.

. . . .

. . . .

De la société tyrans présomptueux;
Haïssant, dédaignant tout ce qui n'est pas eux,
Chacun, dans son esprit, se couronnant d'avance,
Épouse avidement un art, une science,
Ne voit, ne connaît qu'elle, et la tient dans ses bras,
Et répudie au loin tout ce qu'il ne sait pas.
La prose humble et tremblante, à l'orateur laissée,
N'est au rimeur altier qu'un objet de risée.
Mais tous deux ils font voir par preuves et bons mots
Que de parler suffit, et qu'il n'est que des sots
Qui jusques à Newton puissent vouloir descendre,
Ou des siècles éteints ressusciter la cendre.
Lors un pédant, armé de vers grecs et romains,
Nous dit, non en français, que nos efforts sont vains;
Que la mémoire est tout; qu'il ne faut plus écrire
Rien qu'autrefois Auguste ou Platon n'ait dû lire;
Mais un chiffreur pensif, de tels discours blessé,
Lève un front triste et sec et d'algèbre hérissé,
Il calcule, et conclut que, de ces mots profanes,
Il résulte que Grecs et Romains sont des ânes;
Mesure en quel rapport Homère, près de lui,
N'est qu'un rêveur pétri de sottise et d'ennui,
Et ne sait pas (hélas! il s'ignore lui-même)

Qu'on peut être aussi sot à résoudre un problème
Qu'à rimer un chef-d'œuvre au journal admiré,
Ou rétablir dans Pline un mot défiguré.
Tout blesse leur oreille active et soupçonneuse[1];
Leur vanité colère, inquiète, épineuse,
Veille autour d'eux, et va, sans choix et sans raison,
Distillant au hasard le miel ou le poison.
Leur vie est un amas d'amitiés incertaines,
De riens sonnés bien haut, de scandaleuses haines.
Ils les prêchent au monde, ils en parlent aux rois.
Pour eux la renommée a trop peu de cent voix.
De leurs moindres pensers, qu'ils aiment, qu'ils haïssent,
Il faut que les marchés, que les toits retentissent.
Vains amis d'un moment, ennemis imprévus ;
Sages en cela seul que, d'eux-mêmes connus,
De leur propre suffrage ils ne tiennent nul compte.
D'affronts capricieux ils accablent sans honte
Ceux même qu'autrefois d'éloges ampoulés
Sans honte et sans scrupule ils avaient accablés.

. . . .

Ici il existe une lacune. L'auteur aurait rattaché le morceau qu'on vient de lire à celui qui suit ; mais rien n'indique
comment il aurait rempli cette lacune.

1. La pensée primitive du poëte était :
   Tout blesse leur oreille altière *et soupçonneuse.*
Ensuite il corrigea ce vers ainsi :
   Tout blesse leur oreille alerte *et soupçonneuse.*
Puis enfin il dit :
   Tout blesse leur oreille active *et soupçonneuse.*

. . . .

Admirer le premier, et sur l'autre, en silence,
Fermer l'œil de la sage et bénigne indulgence.
En effet, plat orgueil, folle prétention,
Puériles détours de leur ambition
Que l'éloge d'un autre assassine et déchire.
Leur mérite se plaît et se choie et s'admire,

. . . .

. . . .

Du seul nom de rival leur gloire est alarmée.
Tout succès est un vol fait à leur renommée.
Envieux et jaloux même dans l'avenir,
Des beaux-arts, pour eux seuls, la route a dû s'ouvrir.
Tout ce qu'ils n'ont point fait, ce qu'un autre peut faire,
Ce que des jours humains la rapide carrière
Ne leur a point permis eux-mêmes de tenter,
Ils s'indignent qu'un autre ose l'exécuter.
Ils voudraient, après eux, seuls remplir la mémoire;
Éteindre en expirant le germe de la gloire;
Emporter avec eux arts, muses et lauriers,
Comme au jour de leur mort, cadavres meurtriers,
Des monarques d'Asie, en leurs tombes jalouses,
Entraînent avec eux tout leur peuple d'épouses,
De peur qu'un autre hymen, prompt à les engager,
Les fît mères encore en un lit étranger.
Ainsi, tel qui, souvent aveugle à se connaître,
D'injustice envers lui nous accuse peut-être,
Vit et meurt justement à lui-même réduit,
Seul, loin du monde entier qui le loue et le fuit.
C'est se faire à soi-même un bien cruel martyre !

Leur cœur, leur intérêt ne pourraient-ils leur dire
Qu'il est bon de savoir, par d'illustres écrits,
Disputer dans les arts et remporter des prix,
Mais qu'il faudrait encor s'appliquer à bien vivre ;
Être grand dans son âme et non pas dans un livre ;
D'une égale amitié savoir chérir les nœuds ;
Laisser à ses amis, en mourant auprès d'eux,
Par de douces vertus, meilleures que la gloire,
Les larmes, les regrets d'une longue mémoire ?

Il faut mettre deux vers pour commencer et attacher ce morceau à celui des cyclopes littéraires.
Ce commencement est :
O retraite, ô mon cabinet, ô... toi qui consoles, toi qui... salut...

Ah ! j'atteste les cieux que j'ai voulu le croire * ;
J'ai voulu démentir et mes yeux et l'histoire.
Mais non ! Il n'est pas vrai que des cœurs excellents
Soient les seuls, en effet, où germent les talents.
Un mortel peut toucher une lyre sublime,
Et n'avoir qu'un cœur faible, étroit, pusillanime ;
Inhabile aux vertus qu'il sait si bien chanter,
Ne les imiter point et les faire imiter.
Se louant dans autrui, tout poëte le nomme
Le premier des mortels, un héros, un grand homme.
On prodigue aux talents ce qu'on doit aux vertus.
Mais ces titres pompeux ne m'abuseront plus.
Son génie est fécond, il pénètre, il enflamme,
D'accord. Sa voix émeut, ses chants élèvent l'âme,
Soit. C'est beaucoup, sans doute, et ce n'est point assez.
Sait-il voir ses talents par d'autres effacés ?

Est-il fort à se vaincre, à pardonner l'offense ?
Aux sages méconnus qu'opprime l'ignorance,
Prête-t-il de sa voix le courageux appui ?
Vrai, constant, toujours juste, et même contre lui,
Homme droit, ami sûr, doux, modeste, sincère,
Ne verra-t-on jamais l'espoir d'un beau salaire,
Les caresses des grands, l'or, ni l'adversité
Abaisser de son cœur l'indomptable fierté ?
Il est grand homme alors. Mais nous, peuple inutile,
Grands hommes pour savoir avec un art facile,
. Des syllabes, des mots, arbitres souverains,
En un sonore amas de vers alexandrins,
Des rimes aux deux voix, famille ingénieuse,
Promener deux à deux la file harmonieuse !...

Pour être traité de grand homme à son tour, il donne hardi-
ment ce beau titre à celui qui n'est rien que poëte comme lui.
Que Phœbus en ait fait un grand poëte, j'y consens; mais est-il...

CHANT DEUXIÈME*.

Commencement.

*D'où vient que les poëtes... et que, les montrant aux passants,
d'enfants malins un nombreux cortége*

Partout d'un doigt railleur le poursuit et l'assiége...

*C'est dommage, peut-on rien voir de plus complaisant? Un
Midas, une fille l'a toujours à ses ordres pour amuser son
souper...*

D'imbéciles valets, *peuple singe du maître,*
L'amènent en riant dès qu'il vient à paraître.
Des plus larges festins dévastateur ardent,
Il s'assied, et le vin au délire impudent
Lui dicte un long amas d'équivoques obscènes ;
Puis, d'un proverbe impur ajustant quelques scènes,
Il court, saute, s'agite, en son accès bouffon,
Mieux que n'eût fait un singe élève du bâton ;
Mais désormais à peine il suffit à sa gloire*,
On se l'arrache. Il court de victoire en victoire.
Chacun de ses refrains fait des recueils fort beaux ;
Il attache une tête aux bouts rimés nouveaux,
Aux droits litigieux de plusieurs synonymes
Il sait même assigner leurs bornes légitimes.
Bientôt chez tous les sots on sait de toute part

.Jusqu'où vont ses talents; que lui seul avec art
Noue une obscure énigme .au regard louche et fade;
Hache et disloque un mot en absurde charade;
Construit, tordant les mots vers un sens gauche et lourd,
Le Janus à deux fronts, l'hébété calembour.

Il prédit un chef-d'œuvre. En huit jours il entasse
De songes monstrueux une effroyable masse;
De grands mots l'un à l'autre unis avec horreur;
Et d'un vers forcené la sauvage fureur.
Partout, comme au théâtre Oreste parricide,
Il tourne sous le fouet de l'ardente Euménide;
Comme Penthée, il voit le sinistre appareil,
Et d'une double Thèbe et d'un double soleil *.
Il ne tient pas à lui, dans ses barbares veilles,
Que, de peur de l'ouïr se bouchant les oreilles,
Phœbus n'aille bien loin, nous quittant pour jamais,
Oublier de parler la langue des Français.
Et déjà sur sa foi se fatiguant d'avance,
La renommée annonce un prodige à la France,
Et nous fait, par ses cris, à l'attendre venir,
Perdre haleine et sécher d'un curieux désir.
Au silence bientôt il saura la réduire.
Son livre avec orgueil au jour vient se produire :
Tout se tait. Son grand nom soudain est effacé.
Dans son style âpre et lourd, de ronces hérissé,
Il roule tout fangeux, il s'agite, il se traîne.
Je le quitte vingt fois; je le reprends à peine.
Et j'admire et je ris, si d'un tour plus heureux
Parmi tout ce chaos surnage un vers ou deux;

Et nous en rions tous. Et lui-même, peut-être,
Rit d'un siècle ignorant qui peut le méconnaître.
Ah! le sage craintif, que l'avenir attend,
Est de ses grands succès moins sûr et moins content.
Sa retraite longtemps le voit dans le silence,
A bien faire, épuiser sa docte vigilance.
Tout roseau, tout caillou, tout chaume est écarté
Qui troublerait un peu le cristal argenté
De son style riant de grâce et de nature,
Doux, liquide, et semblable à l'onde la plus pure.
Il amollit ce mot qui devenait trop dur;
Il éclaircit la nuit de ce passage obscur.
Ce vers faible chancelle, il accourt, il l'étaie;
Il voit tout son poëme. Il le tâte, il l'essaie,
S'il est sévère et doux; s'il n'y faut rien changer;
S'il coule sur un fil délicat et léger.
A force d'effacer et d'effacer encore,
D'avoir en travaillant joint le soir à l'aurore,
Quand son ouvrage mûr sans broncher, sans périr,
Sur un pied ferme et droit peut enfin se tenir,
Il tente le hasard, et sa modeste plume [1]
Laisse échapper au jour un timide volume.
Alors un juge expert, dans un prudent écrit
Que le jour, la semaine ou le mois a produit,

---

1. Avant d'écrire en vers cette pensée qu'Horace lui avait
fournie, il l'avait ainsi consignée sur un morceau de papier :
*Il travaille longtemps à polir ceci, à limer cela, à réprimer
ceci, à finir* tenui deducta poemata filo *, et quand tout cela est
fait...*

Il tente le hasard, et sa modeste plume, etc.

S'assied, prend sa balance inflexible et subtile :
Nous pensons, nous croyons. — Juge vain et débile,
Si votre cœur s'embrase au vrai souffle des arts,
Eh bien! que tardez-vous d'offrir à nos regards,
Dans quelque noble essai, leur empreinte suprême ?·
Nul n'est juge des arts que l'artiste lui-même.
L'étranger n'entre point dans leurs secrets jaloux.
Sur un art qui vous fuit et se cache de vous,
De quel droit *pensez-vous, croyez-vous* quelque chose ?
Le sourd va-t-il à Naples, aux chants du Cimarose,
Marquer d'un doigt savant la mesure et le ton ?
L'aveugle, se fiant aux pas de son bâton,
Dans les temples de Rome, au palais de Florence,
Vient-il trouver cent fois, contempler en silence
La toile où Raphaël, ivre d'âme et de feu,
A fait sur le Thabor étinceler un Dieu ?
Celle où du Titien la main suave et fine
A fait couler le sang sous une peau divine ?

Certes, pour un auteur, c'est un fardeau bien lourd,
Que d'avoir à souffrir un juge aveugle et sourd,
Son ignare gaîté, ses ineptes censures,
Ses éloges honteux, pires que ses injures.
Que dis-je? il voit partout lui fondre sur les bras
Mille ennemis nouveaux qu'il ne connaissait pas :
Des tartufes haineux que sa liberté blesse;
Des grands seigneurs altiers, leurs valets, leur maîtresse;
Tel corps obscur et vain qu'il n'aura point vanté;
Maint sourcilleux auteur qu'il n'aura point cité;
Et l'exil, les douleurs, les mépris, l'indigence;

Et d'un plat Cicéron l'outrageuse éloquence,
Calomniateur grave, oracle du palais,
D'embonpoint et d'hermine et d'ignorance épais.
Voilà ce que l'on trouve où l'on cherche la gloire.
Tels sont les doux sentiers du temple de mémoire.
Mais encore est-ce tout? N'a-t-il pas quelque appui
Qui soutienne ses pas et marche devant lui?
Des appuis!... En est-il qui s'offrent au mérite?
Il se tait, il se cache, il est seul dans sa fuite.
Ou bien pour compagnons il a quelques amis
Comme lui studieux, doux, modestes, soumis.
La médiocrité souple, adroite et subtile,
Va sous des bras puissants se chercher un asile,
Les encense, leur plaît, les dispose à loisir.
Eux qui pensent bien faire, ivres d'un sot plaisir,
Pour tuer le bon grain que leur présence effraie,
Prêtent partout un aide à la stérile ivraie.

Oui, cela était vrai quand les gens puissants étaient des igno-
rants; mais aujourd'hui que tous les grands seigneurs s'instruisent
et font des cours de chaque science...
Ils aiment tous les arts...
D'autre part à la cour,

Ils aiment tous les arts; ils en font leur étude.
Trois heures chaque jour laissés en solitude,
Ils pensent. D'un système ils dictent des leçons;
Ils font de grands discours, de petites chansons;
Ils attendent l'instant qu'une illustre couronne
Doit les asseoir au Louvre au quarantième trône.
Et quand ils dormiront d'un sommeil éternel,

Leur successeur viendra, dans un jour solennel,
Pleurer un si grand homme aux arts si favorable;
Perte, hélas! qui sans lui serait irréparable.
Que s'ils n'égalent point ces hommes excellents
Qui font métier de l'art, professeur des talents...
— Qui font métier de l'art! Oui, le génie en France
Est un poste, une charge, un bureau de finance.
Certes, je le veux croire; et je vois que le roi
Ne les a point nommés à ce sublime emploi.
Ils ne professent point les arts ni le génie.
De rimer, de penser, leur inepte manie,
Soit ignorance entière ou soit zèle pour eux,
Les fait du premier sot admirateurs pompeux.
Que de vrais fils du ciel, s'offrant à la lumière,
Viennent, sans y songer, les rendre à leur poussière,
Soudain le trouble est mis dans leurs petits travaux,
Leur insolent orgueil les regarde en rivaux.
Bientôt sots protecteurs vont semer les alarmes;
Courent, volent partout; partout lèvent les armes;
Pour leurs chers idiots criant, prêchant, plaidant;
Outrés contre un esprit sublime, indépendant,
Qui sous leurs plats regards a refusé de naître;
Qu'eux-mêmes prôneraient s'il daignait les connaître,
Mais qui, d'un juste orgueil armant son noble front,
De leur appui burlesque a rejeté l'affront[1].
Ah! je plains bien les arts quand un sot qui les aime
Ose les protéger, les cultiver lui-même;

1. Variante :
De leur appui barbare *a rejeté l'affront.*

Et que pour ennemis ils ont de sots auteurs,
Et de sots protecteurs et de sots amateurs!

*Que les arts cessent donc de mendier l'appui du grand sei-
gneur, que celui-ci les laisse tranquilles.*

Le bien qu'il peut leur faire est de ne pas leur nuire[1].

. . . .

Sans doute j'aimerais, puisque tels sont leurs vœux,
Que, de leurs beaux talents noblement amoureux,
D'une main clairvoyante, aux poëtes sublimes,
Les grands sussent offrir des faveurs magnanimes[2].
J'aimerais mieux qu'en eux bornant tous leurs désirs,
Trouvant en eux leur prix, leur gloire, leurs plaisirs,
Les talents plus altiers n'eussent d'autre pensée,
Que de suivre à grands pas leur route commencée,
Sans jamais s'informer, mendiant leurs regards,
S'il est des grands au monde ou s'ils aiment les arts.
Car, au moins, plût au ciel que des sots sans génie,
Seuls, eussent fait des arts l'injuste ignominie!
Mais si de grands esprits, par des travers grossiers,
Presque au niveau des sots s'abaissent les premiers;
Si l'on voit des mortels longtemps simples, modestes,
Étaler en un jour des changements funestes;
Chez un roi, chez un prince en un jour installés,
Soudain ouvrir leurs cœurs si longtemps recélés;
Leur front, de ses bontés que leur génie encense,

1. Variante :
 Il peut leur faire un bien, c'est de ne pas leur nuire.
2. Variante :
 Les grands sussent verser des faveurs magnanimes.

Emprunter une abjecte et risible insolence;
Méconnaître, du sein de ces brillants tréteaux
Où l'étalent aux yeux ses Mécènes nouveaux,
Des amis dont jadis la tendresse empressée
A consolé longtemps sa muse délaissée,
On peut juger très-mal et de prose et de vers;
Mais l'honnête homme est juste, il voit tous ces travers:
De tes décisions l'arrogant laconisme,
Tes éclats ricaneurs, appuis d'un froid sophisme;
D'un silence affecté l'importante hauteur,
A quelque ouvrage lu par un confrère auteur;
Une froideur haineuse en tes regards écrite;
D'un éloge fardé la contrainte hypocrite.
Et si, du moins, encor des juges délicats,
En méprisant ton cœur dont tu fais peu de cas,
Admiraient, comme toi, tes talents, ton ouvrage,
Tu souscrirais sans peine à cet heureux partage.
Mais peu savent assez distinguer leurs mépris,
Et n'y point avec toi confondre tes écrits;
Et ne point mesurer par toi, par ta faiblesse,
De tes productions la force et la noblesse.
Peu savent en deux parts diviser l'écrivain:
Grand et sublime auteur, homme petit et vain.

CHANT TROISIÈME*.

LA RÉPUBLIQUE DES LETTRES.

Reperies qui, ob similitudinem morum, aliena malefacta sibi objectari putent. — Tacit., Annal., lib. IV, cap. 33. — Si irascare, adgnita videntur, ibid., 35.

Il n'est que d'être roi pour être heureux au monde.
Bénis soient tes décrets, ô sagesse profonde !
Qui me voulus heureux, et, prodigue envers moi,
M'as fait dans mon asile et mon maître et mon roi.
Mon Louvre est sous le toit, sur ma tête il s'abaisse,
De ses premiers regards l'orient le caresse.
Lit, siéges, table y sont portant de toutes parts
Livres, dessins, crayons, confusément épars.
Là, je dors, chante, lis, pleure, étudie et pense.
Là, dans un calme pur, je médite en silence
Ce qu'un jour je veux être ; et, seul à m'applaudir,
Je sème la moisson que je veux recueillir.
Là, je reviens toujours, et toujours les mains pleines,
Amasser le butin de mes courses lointaines :
Soit qu'en un livre antique à loisir engagé,
Dans ses doctes feuillets j'aie au loin voyagé ;
Soit plutôt que, passant et vallons et rivières,
J'aie au loin parcouru les terres étrangères.
D'un vaste champ de fleurs je tire un peu de miel.

Tout m'enrichit et tout m'appelle; et, chaque ciel
M'offrant quelque dépouille utile et précieuse,
Je remplis lentement ma ruche industrieuse.
Une pauvreté mâle est mon unique bien.
Je ne suis rien, n'ai rien, n'attends rien, ne veux rien.
Quel prince est libéral, et quel est méchant homme,
Est un soin qui jamais ne troublera mon somme *.

Pour moi, sans vouloir proposer mon exemple pour modèle, je ne suis jamais plus content que lorsqu'un ami me rapporte qu'une société de ces grands qui protégent a entendu mon nom avec étonnement, s'en est informé ; que jamais ils n'ont entendu mon nom ;

Que jamais à leur table on ne m'ouït rien lire ;
Que les journaux fameux n'ont point connu ma lyre.

Ils demandent, ils interrogent, ils s'étonnent qu'il ait osé avoir de l'esprit loin d'eux ;

Que les muses jamais, pour plaire à l'univers,
N'ont dans leur almanach enregistré mes vers.

Non que je veuille rire aux dépens de la naissance unie aux talents, mais ceux qui ont de vrais talents ne protégent point...
Haïssant également de la part de ceux qui m'écouteraient lire :

Les éloges pompeux d'hyperbole échauffés ;
Les bâillements muets en silence étouffés ;
L'orgueil distrait et morne et l'oblique satire
A la louange amère, au perfide sourire ;
L'ignorance capable au ton grave et prudent ;

L'envie à l'œil pervers, qui, d'une noire dent,
Se mord, en écoutant, sa lèvre empoisonnée;
L'engoûment aux gros yeux, à la bouche étonnée;
Puis, bel esprit nouveau, cent beaux esprits soudain
Vous tâteront le flanc, l'épigramme à la main.
Je ne suis point armé ; je présente l'olive :
La paix, messieurs, la paix; je crains et je m'esquive,
Dès que sur un visage éclatent à mes yeux,
D'un nez railleur et fin les plis malicieux.

Rien n'égale la morgue d'un homme revêtu de quelque magis-
trature littéraire,

Quoique souvent, hélas ! à ses tristes enfants,
Il ait, comme Priam, survécu dès longtemps;
Que ses yeux tout en pleurs aient, devers l'ombre noire,
Vu passer dès longtemps le convoi de sa gloire ;
Que, son obscurité le cachant aux affronts,
Lui seul de ses écrits ait retenu les noms.

De ce sublime orgueil la burlesque démence
. . . .

. . . .
Loke, Hume, Shaft'sbury, ni Pope, ni Rousseau,
Platon que pas à pas Cicéron accompagne,
Le vertueux Charron, ni le sage Montagne,
N'ont point connu d'Alcide assez grand, assez fort,
Etc. . . . .
. . . . . dans le sein d'un assembleur de rimes
. . . .

. . . .
Car les auteurs fameux, d'envie inquiétés,

Ne se livrent point tous à ce plaisant délire
D'orgueil colère et franc dont l'excès nous fait rire.
Il en est, et plus d'un, qui, craignant les mépris,
Met à nuire tout l'art qu'il met dans ses écrits;
S'observe, écoute, voit, jamais ne se déchaîne;
Ménage son honneur et satisfait sa haine;
Qui, de tout sot vénal industrieux ami,
Et de tout noble esprit soupçonneux ennemi,
Jaloux de régner seul, tremblant pour sa couronne,
Vrai sultan, ne veut point de frère auprès du trône[1];
Sous vos pas, en riant, sème un piége inconnu;
Tue et ne s'arme point, frappe sans être vu;
Et, dans ses vils succès d'hypocrite vengeance,
Vous plaint tout haut du mal qu'il vous fait en silence.

. . . .
. . . .

Mais d'envie et de fiel si ses vers sont livides,
Mais s'il vend sans pudeur aux tyrans homicides,
Lui, sa dignité d'homme, et le sort des humains,
Son livre pour jamais est tombé de mes mains.
D'un style ingénieux que sa fertile adresse
Répande autour de lui la grâce enchanteresse,
Ce fleuve pur et clair décèle et trahit mieux
Un fond noir de poisons qui repousse les yeux[2].

1. L'auteur a mis lui-même en regard de ce vers la note
que voici :
    Voy. Pope au prol. des Satyres, ✻. 198.
    2. A la suite de ce morceau le poëte a écrit cette note :
    *Les derniers vers sont d'Adisson dans un poëme sur les poëtes
anglais.*

. . . .

. . . .

. . . . la raison à nos yeux
Montrant la vérité, mais comme dans un songe,
Nous réveille asservis sous les nœuds du mensonge.
Qu'elle nous laisse au moins, sans fiel et sans aigreur,
Nous chatouiller en paix d'une flatteuse erreur,
Puisqu'en nous prescrivant ce que nous devons faire,
Elle ne donne point, impuissante et sévère,
La force d'obéir à ses pénibles lois.
La folie a du bon. Dans Athène, autrefois,
Certain fou, chaque jour, descendait au Pirée;
Nul vaisseau, dans le port, ne faisait son entrée,
Qu'il ne s'en crût le maître; et, rendant grâce aux cieux,
Il allait, il courait. « Ah! c'est toi? Par les Dieux,
Je n'espérais plus voir ta poupe couronnée.
Quoi! les blés en Égypte ont manqué cette année?
Vins de Crète? fort bien. C'est de l'argent comptant.
Bon! mes draps de Milet sont beaux. J'en suis content.
Oh! si l'on me reprend sur ces mers de Sicile!...
Çà, je ne garde plus ce pilote inhabile. »
Ses amis, effrayés d'un mal aussi nouveau,
Épuisent Anticyre à purger son cerveau.
Plein enfin d'ellébore, et redevenu sage,
Il pleure : « O mes amis! vantez bien votre ouvrage,
Dit-il, vous me tuez. Votre art empoisonneur
Guérissant ma folie, a détruit mon bonheur. »

. . . .

. . . .

. . . .

. . . .

Est-ce la main d'Achille ou celle de Thersite
Qui, du sage Centaure exerçant les leçons,
D'Orphée aux Grecs oisifs fait entendre les sons?
Phœbus près d'Alexandre a respiré la guerre ;
César peut négliger le sceptre de la terre,
Au trône des talents sans crime il sera roi.
Aux Gaulois belliqueux les muses font la loi.
Par l'espoir de leurs chants Athène est transportée.
Sparthe suit aux combats la lyre de Tyrtée.
Eschyle, dans le sein de son docte repos,
Entend frémir Bellone et le cri des héros,
Il part; et quand Neptune a chassé. . . . .
Ces flots de bataillons que vomissait l'Euphrate,
Toujours de gloire avide et d'honneur amoureux,
Il vole, il offre aux Grecs, que rassemblent leurs jeux,
Sa jeune Melpomène éclatante de charmes.
Elle pleure ; on admire, et la Grèce est en larmes ;
Et sur ce front blanchi sous les casques guerriers,
De la docte victoire attache les lauriers.
Les tyrans sont vainqueurs; leur audace hautaine
Va, sous des jougs de fer, accabler Mitylène :
Que fais-tu, fier Alcée? Elle attend ton secours.
Il a vu sa détresse; il quitte ses amours,
Ses muses et ses bois et ses fraîches naïades ;
Son bras secoue au loin le thyrse des Ménades ;
Le bouclier, l'épée, et la lance et le dard,
Éclatent dans ses mains et servent d'étendard.
Déjà tout est vaincu ; déjà la tyrannie
Sous un glaive pieux meurt honteuse et punie.

Tout trempé de sueurs et tout poudreux encor,
Couvert de son armure, il prend sa lyre d'or :
Il dit ces fiers Titans, leurs fureurs orgueilleuses,
Les meurtres, le carnage et les morts glorieuses;
Aux citoyens tombés les justes cieux ouverts,
Et l'ardent Phlégéton dévorant les pervers;
Et l'avenir fameux promis à la vaillance.
On se presse, on accourt. Tout Lesbos, en silence,
Admire son génie égal à sa vertu,
Et l'écoute chanter comme il a combattu.

Un jeune poëte soi-disant.

. . . .

D'abord d'un pied timide il tente le chemin.
Un petit cercle ami déjà lui tend la main.
Il badine, et l'on rit; il disserte, il censure;
Son nom sous un quatrain brille dans le *Mercure;*
Dès lors il est poëte, et comme tel cité,
Et bientôt, comme tel, en tous lieux présenté.
Il se vante, on le berne; il se plaît à son rôle;
Il se dit un grand homme, on en croit sa parole;
On protége sa pièce, on y bâille, on y dort;
On court à sa rencontre au moment qu'il en sort;
On l'embrasse. A souper retenu dès la veille,
Ses couplets impromptus au dessert font merveille.
Tous, même avant qu'il parle, admirent chaque mot;
Et tous, en l'admirant, savent qu'il n'est qu'un sot.
D'un épais Turcaret la vanité stupide

Au Phœbus affamé vend un appui sordide,
Digne et sot protecteur d'un plus sot protégé.
De là, plus d'un faquin en Mécène érigé ;
Et tant de vils rimeurs, tant de fades grimaces ;
Tant d'ineptes écrits, lettres, vers ou préfaces,
Dégoûtant par leur style et par leurs lâchetés,
Jusques aux plats Midas qui les ont achetés.
Ah ! ce manége obscur aux palmes poétiques
Ne guida point les pas de nos maîtres antiques.

. . . .

. . . .

Dans les bras d'Apollon leur naissance accueillie
Avait été trempée aux eaux de Castalie.

. . . .

Les abeilles d'Attique, épiant leur sommeil,
Avaient, en flots de miel sur leur bouche docile,
Fait couler une voix et suave et facile.

. . . .

. . . .

. . . .

Et d'un vol généreux se fiaient à leurs ailes.

Ils ne furent point vus, clients ambitieux,
Assiéger dès l'aurore un seuil impérieux,
Et des tristes fadeurs d'un hommage servile
Fatiguer les dédains d'un satrape imbécile.
Ils n'allèrent jamais chez un riche hébété
Avilir des talents l'auguste dignité,
Rendre une humble visite à sa table opulente,
Flatter de ses Laïs la bêtise insolente,

Caresser ses discours d'un œil approbateur,
Et vendre à ses bons mots un sourire menteur.
Même à la cour des rois, peu soucieux du trône,
Le vieillard de Téos de roses se couronne;
Toujours amant, toujours des grâces entouré,
Et de vin, et de joie, et d'amour enivré,
Porte après le banquet, voluptueux Socrate,
Un front riant et libre aux jeux de Polycrate.

A Rome, il est trop vrai, de sublimes talents
Au second des Césars prodiguèrent l'encens;
Mais Auguste à leurs yeux fit oublier Octave.
Tous furent ses amis, nul ne fut son esclave.
Horace près de lui d'un emploi fructueux
Sut refuser la pompe et le joug fastueux;
Virgile sans regret, loin des palais du Tibre,
Se choisit, près de Naples, une retraite libre.
Beaux lieux! que de ses feux encor dissimulés
Le Vésuve en fureur n'avait point désolés!
Mais attachés aux grands par un lien crédule,
Combien tous deux, pourtant, sont loin de mon Tibulle!
Il ignore les cours[1]; l'amour et l'amitié
De son cœur, de ses vers, occupent la moitié.
Messala, Némésis et Néère, et Délie,
Sont les rois, sont les dieux qui gouvernent sa vie.

1. Le poëte voulait corriger ainsi ce vers :
   Il ignore l'encens; *l'amour et l'amitié...*
Mais il n'a point effacé la première version, et je la conserve parce qu'elle me paraît préférable.

Riche, il jouit sans faste, et non pour éblouir ;
De la pauvreté même il sait encor jouir.
Sans regretter cet or, ni ces vastes richesses,
Ni de ces longs arpents les fécondes largesses,
Auprès de son foyer la molle oisiveté
Endort dans les plaisirs sa douce pauvreté.
Vrai sage, non, jamais tu n'as pu te résoudre
D'aller au Capitole et d'adorer la foudre.
Les césars, ni les dieux n'ont de foudre pour toi.
Sur un lit amoureux, doux témoin de ta foi,
Tu te ris de l'orage et des vents en furie,
Et presses sur ton sein le sein de ton amie.
Seule, de ta carrière elle embellit le cours ;
Son souvenir, loin d'elle, a soutenu tes jours ;
Elle-même fila de sa main fortunée
Cette trame si belle et sitôt terminée ;
Elle sut, quand la mort te frappait de ses traits,
Sous d'amoureuses fleurs déguiser tes cyprès[1];
Ses baisers suspendaient ton âme chancelante,
Et tu tenais sa main de ta main défaillante.
Hélas! qu'ainsi ne puis-je obtenir du destin
A cette douce vie une si douce fin*!

Toi, que le Pinde admire, et que Sulmo vit naître*,
Des leçons de Paphos et l'exemple et le maître,
Quand aux glaces du Pont il éteint ton flambeau,
Oses-tu sur l'autel élever ton bourreau?

---

1. L'auteur avait d'abord dit :
   Sous des tissus de fleurs *déguiser tes cyprès.*

Tes muses à genoux vont t'avouer coupable;
Elles vont, caressant sa main inexorable,
Trahir ton innocence, et ta gloire, et l'honneur.
Ces Scythes qui t'aimaient, qui plaignaient ton malheur,
A recevoir son joug c'est toi qui les prépares.
Ta lyre apprend les sons de leurs lyres barbares;
Et, d'un vers étranger au Parnasse romain,
Consacre ta bassesse aux rives de l'Euxin !
Vois Gallus, de la cour comme toi la victime,
Préférer à l'opprobre une mort magnanime.
Vois Catulle, de fiel abreuvant ses pinceaux,
Défier de César la haine et les faisceaux.
Plus qu'eux tous outragé, ton courroux dissimule.
Tu peux contre un tyran armer le ridicule ;
Ou du fier Archiloque exhaler les fureurs,
Et teindre de son sang tes ïambes vengeurs ;
Non, sans pouvoir t'atteindre, il te glace de crainte.
Tu le hais ; et ta haine est bornée à la plainte.
Tu pleures, sans savoir, trop digne de ton sort,
Souffrir, ou te venger, ou te donner la mort !...
Oui, te venger. Je sais que nul ne peut, sans crime,
Braver les justes lois d'un pouvoir légitime ;
Non; mais il ne faut pas qu'un injuste oppresseur,
Qu'éleva sous le dais le meurtre et la noirceur,
Puisse à son gré lancer ou l'exil ou les chaînes;
Du nom sacré des mœurs autoriser ses haines;
Flétrir la probité, les grâces, les talents;
D'un faible infortuné proscrire les vieux ans;
Savourer ses douleurs, ses craintes, son silence,
Et se rire à loisir de sa lâche innocence.

Qui que tu sois, mortel pour l'Olympe formé,
Et d'un rayon plus pur en naissant animé,
Souviens-toi qu'un cœur libre est l'ami de la gloire.
La tache d'un opprobre obscurcit sa mémoire[1].
Aux pieds de la fortune et de ses fiers époux
Avilir ses exploits, c'est les effacer tous.
Respecte la vertu, les lois, le diadème;
Mais sache aussi toujours te respecter toi-même.
Du vulgaire surtout dédaigne la faveur.
Il traite de folie une mâle vigueur.
Hibou nocturne, il fuit l'aigle et son vol céleste;
Tant d'éclat l'importune; il envie, il déteste,
Et feint de mépriser de sublimes esprits,
Dont il voit que lui-même excite les mépris.
Il adore des dieux dont leur fierté se joue;
Ils ont fui des écueils où toujours il échoue;
Il hait de son naufrage un grand homme sauvé,
Trop au-dessus de lui par la gloire élevé.

« Pourquoi, disait le chêne, à mon large feuillage
Imprimer de ta dent le lent et faible outrage!
Insecte ridicule. Eh! dis-moi, songes-tu
Que d'un souffle tu meurs, à mes pieds abattu?
— Oui, dit en écumant la chenille rampante,
Oui; mais à t'insulter ma haine se contente;
Ta gloire me déplaît. Ton front impérieux
Méprise ma bassesse, et mon œil envieux;

---

1. En marge de ces deux vers, le poëte a écrit celui-ci :
   Les arts indépendants veulent une âme libre.

Et je voudrais pouvoir, à force de morsures,
Venger de ce mépris les sanglantes injures. »

Ce n'est pas que, souvent à l'éloge réduit,
Le peuple ne leur porte un hommage séduit.
. . . .
Le fourbe, l'imposteur, l'ambitieux, l'avare
Quelquefois devient juste, et se plaît à vanter
Cette même vertu qu'il prit soin d'éviter.
Il conte à sa famille, au banquet réunie,
Des sages, des héros, et la mort et la vie ;
Aristide, et son nom, et sa noble candeur ;
Socrate, et la ciguë ; et, le vil délateur,
Au nom de ces Romains, fiers de leur indigence,
Libres de l'or des rois, riches de tempérance,
Il s'écrie, il se plaint qu'à nos jours ténébreux
N'ont point lui de ces temps les astres généreux.
Cependant il intrigue, et sa main clandestine
Flatte un ami tranquille et creuse sa ruine ;
Ou ses hardis vaisseaux, déjà loin de nos ports,
Vont de l'Inde à vil prix acheter les trésors ;
Ou pour lui l'Amérique, à nos mœurs façonnée,
Ravit les noirs enfants de la triste Guinée ;
Ou bien un bruit répand que Séjan, près du roi,
A laissé, par sa mort, un précieux emploi.
Tous briguent cet honneur. Mais de l'art, du génie,
L'or, des amis vendus, un peu de calomnie,
Pourront, du temple obscur d'où partent les succès,
Parmi tout ce concours faciliter l'accès.
Rien ne lui coûtera. Nul soin, nul stratagème.

Il part. En un moment redevenu lui-même,
Il oublie à jamais d'importunes chansons.
Fier même d'insulter ces rustiques leçons,
Abandonnant les sots à leurs vertus stériles,
Il se fait un honneur de ses crimes utiles.

Tel l'arbuste pervers, à sa fange attaché,
Croît et glisse en rampant sous la terre caché.
Qu'un enfant le délie, et, d'une main habile,
Redresse avec effort sa tige difficile :
Tant qu'il est retenu, vaincu par son appui,
Il cède, et vers le ciel s'élève malgré lui.
Mais, essayant toujours ses racines esclaves,
Pour peu qu'il ait senti relâcher ses entraves,
Il redouble sa lutte, et, prompt à s'échapper,
Se rend au vil penchant qui le force à ramper.

THÉATRE

THÉATRE

FRAGMENTS DE COMÉDIES.

Prologue.

Bonjour, salut. Paix ! je suis l'orateur,
Ou le prologue envoyé de l'auteur.
Si vous avez feuilleté quelques pages,
Tout ce cortége aux folâtres visages,
Ces chœurs dansants, et ces ris un peu fous,
Vous font juger assez que devant vous
Se vient montrer la gente comédie ;
Non cette froide, insipide, étourdie,
Qui ne dit rien, et se pare aujourd'hui
De mots fardés, de grimace, d'ennui,

De plats sermons ; mais celle que l'Attique
Vit s'agiter sur son théâtre antique.
Le bon rimeur qui fait que nous voici
A d'autres dieux fut dévot jusqu'ici.
Ses vers, amants des forêts solitaires,
S'embellissaient d'études plus sévères.
Mais de sa route il faut quelques instants
Qu'il se détourne. Un tas de charlatans,
De vils escrocs, à qui chacun fait fête,
Ont de sa bile excité la tempête.
Or, comme il faut, pour flétrir ces pervers[1],
Les saupoudrer de caustiques amers,
Il veut contre eux, pour signaler sa haine,
Ressusciter la scène athénienne.
Et c'est par nous qu'étalant une voix
Neuve aujourd'hui, populaire autrefois,
Il les fustige, et sur leur dos profane
Fait petiller le sel d'Aristophane.
Ce Grec railleur, une fois trop mordant,
Contre Socrate envenima sa dent.
Mais il eut tout, esprit, force, harmonie,
Invention, gaîté, grâce, génie.
De son vers fin les âcres aiguillons
Faisaient merveille à larder les félons.
Et suis marri que notre grand Voltaire,
Que l'on croit plus qu'à Rome le saint-père,

1. Variante :

Voyant qu'il faut, *pour flétrir ces pervers...*

A tout propos nous le dénigre, au lieu [1]
D'étudier pour le connaître un peu.
De ce rieur que chérissait la Grèce
Il eut l'esprit, la verve, la finesse;
Faut-il soi-même (et c'est ce qu'il fait, lui)
Se souffleter sur la face d'autrui ?
Sus. Ouvrez donc de grands yeux. Notre scène
Va vous offrir toute la vie humaine :
Vous, vos amis; miracles et jongleurs,
Songes, esprits, prophètes, bateleurs,
Contes sacrés, sottises qu'il faut croire,
Dupes, fripons. Bref, toute votre histoire ;
Si, qu'entre vous vous regardant au nez,
Vous rirez bien de vous voir bien bernés.
Mais quoi! j'entends une gent débonnaire
Qui vient me dire : — Hélas! comment se plaire
Aux petits vers qui fessent le prochain ?
— Oui, mais que diable ! on se lasse à la fin.
Je sais qu'il est permis d'être un peu bête.
Mais quand partout, prêt à courber la tête,
Le genre humain de boue enseveli [2],
Bien orgueilleux d'être bien avili,
Lèche en tremblant toute main qui l'assomme [3],

1. Variante :
   A tout propos nous le déchire, au lieu...
2. Variante :
   Le monde a mis le bon sens en oubli.
3. Variante :
   Prêt à lécher toute main qui l'assomme.

L'honneur s'en mêle. Alors en honnête homme
Ne peut-on pas, les verges à la main,
D'un vers aigu fesser le sot prochain,
Le démasquer, et lui faire connaître[1]
Qu'on le connaît? — Il rougira, peut-être.
— Mes chers amis, rougissez, rougissez,
Je vous connais, et vous serez fessés.
Pour votre bien il faut qu'on vous étrille.
Confessez-moi votre humble peccadille.
Eh bien? partout mensonge respecté,
Fourbe adorée et bon sens insulté !
Sottise altière, et de soi-même enflée !
Raison proscrite et vérité sifflée !
Et vous absoudre après cela? non pas,
Non, je ne puis. Trop énorme est le cas.
Venez, venez. Sur votre large échine,
Je vous prépare un peu de discipline.
Aussi dit-on qu'il faut, en bon chrétien,
Bien châtier ceux-là qu'on aime bien.
Mes bien-aimés, le fouet qui va vous cuire
Vous instruira, si l'on peut vous instruire.
Si, par après, malgré mes soins pieux,
Bien corrigés, vous ne valez pas mieux,
A votre dam. Vôtre sera la honte,
Et devant Dieu je n'en rendrai point compte.
J'accuserai votre esprit corrompu,
Car j'aurai fait tout ce que j'aurai pu *.

1. Variante :
   Lui faire honte, *et lui faire connaître...*

Κωμῳδ. ἀρις. γοητ. (ce qui signifie : Comédie. Aristophane, la *Fourberie.*)

L'action doit durer du matin au soir.

La scène peut s'ouvrir par le richard avec deux des sycophantes qu'il a recueillis chez lui, qui arrangent toutes choses pour l'expérience (les diables dans le flacon)... Il a, lui, et il admire, deux énormes diamants que le charlatan lui dit avoir composés de dix à douze petits qu'il lui avait confiés... Il racontera cela à tous les messieurs et dames qui arriveront; comment il les lui a fait peser... que c'était le même poids... Alors tout le monde (quand il sera entré) lui confiera des diamants en le priant d'en faire de gros... Il les mettra tous dans sa poche. (C'est avec cela qu'il s'en ira à la fin. Il dira à ses confidents, dans le cours de la pièce, qu'il a toujours tous ses diamants en poche; et qu'il en a maintenant pour une somme énorme, pour 200,000 écus.)

Le jeune homme et la jeune fille sont deux cousins. L'homme sage seulement ami ou peut-être tuteur du jeune amoureux.

Il séduira* les hommes par l'espoir de faire de l'or, etc... les femmes, jeunesse éternelle, ne point mourir, etc.... parmi les gobe-mouches, deux fats, bien crédules, bien bêtes, bien raisonneurs.

Quand tout le monde arrive chez la dame, le petit cousin arrive aussi... et, en passant, à l'oreille : — Bonjour, belle cousine... Elle : — Bonjour... Non, asseyez-vous plus loin... pas auprès de moi.

Les charlatans valets ont dit, dès la seconde scène, combien la jeune fille de la maison est aimable et jolie, et que leur chef pourra bien en avoir envie, et qu'il ferait fort bien, et qu'il en a déjà eu beaucoup ; et qu'elle ne paraît se soucier de personne.

Après que, par la description de la jeune personne innocente qu'il lui faut, il l'aura désignée et fait nommer sans la nommer lui-même, il dira qu'il faut qu'il lui parle seul, sans que personne puisse entendre; ce que la mère trouvera fort bon, et le cousin mauvais.

Et je dois seul ici l'interroger.

α

Oh!

β

Pourquoi non?

α

Madame, un étranger,
Un inconnu?

β

Monsieur, dans ma famille
Il ne l'est point. De plus, monsieur, ma fille
Peut bien sur moi s'en reposer en paix.
Et vous aussi. Je sais ce que je fais.

α

Soit. Pardonnez, madame, etc...

*Puis, comme tout le monde se lève pour s'en aller et s'arrête,
il s'approche d'elle.*

α

Vous verrez donc le diable?

β

Oui.

α

Le beau sort!

β

Vous voudriez être à ma place?

α

Fort.
Vous fatiguer ainsi de leur folie!

β

Oh! sans murmure un quart d'heure on s'ennuie.

α

Vous laisser seule avec cet impudent !

β

Maman le veut.

α

Oui, le trait est prudent.

β

Mais j'ai, je crois, assez de ma prudence,
Et voilà, certe, un ton de défiance... ·
J'ai donc besoin de vous pour m'éclairer,
Et loin de vous je pourrais m'égarer ?

α

Non, mon Dieu, non. Mais qu'a-t-il donc affaire
De vous parler ? Vous n'êtes point sorcière.·
Que vous veut-il ?

β

Nous le saurons. Adieu.
Ne boudez pas. ·

γ *(la mère).*

Allons, quittons ce lieu.
Descendons tous chez moi.

δ

Croyez, vous dis-je,
Qu'il le fera.

ε

D'honneur, un tel prodige !
Voir des esprits ! oh ! madame !

ζ

Eh bien? quoi?

η

Sans doute.

θ

Après ce que j'ai vu, ma foi,
Moi, je crois tout.

γ *(la mère)*.

Allons donc, le temps presse
Avec monsieur, ma fille, je vous laisse.

(Ils sortent tous, et l'amoureux tarde, faisant semblant
de regarder des machines.)

ι *(le γὸη)* *

Monsieur, j'attends, car dans cet entretien,
Moi seul...

α

Eh oui, je sors, je le sais bien.

ι

Bon, bon, je vois.

(Suit la scène avec la jeune personne.)

Vous êtes nés pour manquer de bon sens*.
Moi je suis né pour rire à vos dépens.

. . . .
. . . . , .

Mais les humains ont besoin d'être sots.

Θἰσπ. μεναν. (composition dans le genre de Ménandre).

*Il n'y a guère eu que Molière chez les modernes qui eût un véri-
table génie comique, et qui ait vu la comédie en grand. Plusieurs
autres ont fait chacun une ou deux excellentes pièces. Mais lui
seul était né poëte comique.*

*Il faut refaire des comédies à la manière antique. Plusieurs
personnes s'imagineraient que je veux dire par là qu'il faut y
peindre les mœurs antiques. Je veux dire précisément le contraire.*

Θεσπιαχ. κωμ. ἐλευθ. (ce qui veut dire : Composition poétique
piquante. Comédie. La Liberté. — Car André a forgé ce mot
Θεσπιαχμή ou Θεσπιαχή des deux mots Θέσπις et ἀχμή ou ἀχή).

Dans le premier acte ὁ δῆμ. [1]. *Garrotté, lié, avec des liens qui
s'appellent* tailles, corvée, gabelle, *etc... des collecteurs venant
le surprendre comme il mange* jambon, *boit du vin, etc... tout
jours payant. Puis, des nobles, des ecclésiastiques se faisant
mutuellement des politesses, se cédant des droits, qu'il paye toujours ; donnant sur lui, à leurs catins, des billets payables à vue ;
et, lui, payant ; et les catins prenant son argent et le méprisant, etc... (Scènes courtes et vives), nobles et prêtres, etc... lui
disant : Eh bien ! tu chantais, tu dansais toujours autrefois, et
voulant s'amuser de ses gambades... — Non, je ne chante plus.
— S'en allant, lui disent l'un après l'autre à chaque plainte : —
— C'est pour ton bien. — Quand ils sont partis : — C'est pour
mon bien ! Ah ! et pour mon bien, garrotté ; et pour mon bien,
ruiné ; et pour mon bien, etc... Eh ! messieurs, si c'est mon
bien que vous avez fait jusqu'ici, faites-moi donc de grâce un
peu de mal. Puis, des sages, des savants, avec un ou deux
nobles, un ou deux prêtres, etc...*

— *Tu es le plus fort...*
— *Je n'en sais rien.*
— *Tu es le maître, tu as des droits.*

1. Ὁ δῆμος, le peuple.

II.   2+

— Je n'en sais rien.
— Essaye seulement...
. *Quand* 'Ελευθ.ερ. [1] *est sortie de dessous les ruines de la* *caverne, un noble s'indigne qu'on veuille donner une aussi belle* *fille à ce manant.*

·La belle enfant, née en mon vasselage,
·J'ai, s'il te plaît, sur toi, droit de jambage.

———

Et non, non, non. Mais quel trembleur vous êtes !
, Vous croyez donc à tant de fortes têtes ?
Sachez de moi que ce tas de savants
Ne font jamais la guerre qu'au bon sens.
Les vrais savants, qui sont en petit nombre,
Cherchent la paix, la solitude et l'ombre.
Leur cabinet, leurs livres, leurs amis,
Font tous leurs soins. Ils fuiraient d'être admis
Dans la cohue, en sottises féconde,
Des importants qu'on nomme le beau monde.
Sur ses travers si jamais, par hasard,
Sans y penser ils jettent un regard,
Il leur suffit d'en gémir ou d'en rire.
Ils parlent peu ; car ils ont trop à dire.
Ils ne vont point endoctriner sans fruit
Un monde vain, qui n'entend que le bruit.
S'ils parlent, même, aucun ne les écoute ;
Car ils sont vrais, simples, amis du doute.

1. 'Ελευθερια, la liberté.

Or ces gens-là, pour l'avenir formés,
Sont peu compris, encore moins aimés.
N'ayant de foi qu'à la raison sévère,
Comme on les craint, on ne les aime guère.
Pour les comprendre, il faut comme eux savoir,
Comme eux penser, méditer, lire, voir.
Qui les connaît? Sans orgueil, sans jactance
Enveloppés d'un modeste silence,
Qui diable irait si loin les déceler?
Pour les connaître il faut leur ressembler.
Si vers ceux-là nous dirigions nos armes,
Je trouverais fort justes vos alarmes.
Interrogés par eux, nous serions pris,
Et nous n'aurions que honte et que mépris.
Mais songez-vous que tout Paris abonde
D'autres savants connus de tout le monde?
Gens qui sans choix, sans but, aveuglément,
Par ton, par air, et par désœuvrement,
Font à grands frais essais, expériences,
Savent le nom de toutes les sciences;
Sur tous sujets toujours parlant, citant,
Jugeant, tranchant, arguant, régentant,
Et savourant la douce conscience
De leur mérite et de leur importance.
Par vanité, chacun fait le semblant
D'apprécier leur prétendu talent,
Et les exalte, et veut avoir la gloire
D'être cité parmi leur auditoire.
De tout savoir ministres déclarés,
Penseurs en titre, ennuyeux, révérés,

Comme l'oracle on les écoute dire,
On vient en foule, on bâille et l'on admire.
Or, ces savants qui, tous, en bonne foi,
Sont ignorants autant que vous et moi,
Nous les aurons pour nous fort à notre aise :
Nous bercerons leur vanité niaise ;
Nous leur dirons qu'ils sont de grands esprits ;
Qu'on ne pourrait sans eux vivre à Paris ;
Que c'est sur eux que la sagesse, en France,
La vérité, fondent leur espérance.
Ils le croiront. De nous ils parleront.
Bien admirés, ils nous admireront ;
Ils écriront. Car ils lassent la poste
A voiturer et missive et riposte,
Proposant plans, problèmes, questions,
A tous docteurs, à toutes nations.
De là, de là, nos hérauts, nos apôtres ;
Ils prêcheront pour nous en gagner d'autres,
Et nous aurons, par leur soin diligent,
Beaucoup d'honneur et beaucoup plus d'argent.
Entendez-vous, ou quelque peur nouvelle
Obscurcit-elle encor votre cervelle ?

THÉATRE

FRAGMENTS DE TRAGÉDIES.

Θέσπ. αἰχ: (Θέσπις αἰχμή). — (Ce qui veut dire dans la pensée de l'auteur : Composition poétique, combat.)

Allez, fils de l'inceste, allez, fils parricides ;
Retenez bien leur nom, sanglantes Euménides ;...

Afin qu'ils ne dorment plus et qu'ils sentent que... (des sentences).

J'avais fait pour le tableau de David* une épigraphe grecque dont ensuite il n'a pas fait usage... En telle olympiade

κλέος γ' ἀθηνῶν Σωκράτει ξυγκάτθανε.
σὺ δ' Ανύτου μέμνησαι, ὦ ῥαμνουσία.

O juste Némésis, souviens-toi d'Anytus !... serait un beau dernier vers.

Il serait bien dans les mœurs antiques de représenter en scène un homme insolent dans la prospérité qui se vanterait, menace-

rait, et défierait la fortune de lui nuire (sa chute serait le sujet de la pièce) ; l'opprimé l'interromprait par :

... O Nemésis, entends-tu ce qu'il dit?

Viennent ensuite les réflexions générales suivantes :

Les tragédies doivent être dialoguées en vers alexandrins ; et les chœurs, s'il y en a, en vers mixtes; les comédies entièrement écrites en vers de dix syllabes, et les satyres* dialoguées en vers de dix syllabes et les chœurs mixtes.

———

Une des scènes les plus grandes et les plus tragiques que je connaisse, est celle de saint Ambroise avec Théodose après le massacre d'Antioche...

Théodose arriverait avec ses courtisans, ses favoris... des jeunes gens qui lui diraient qu'on parle de cet évêque Ambroise comme d'un homme éloquent... mais que tous ces gens-là tremblent toujours devant les empereurs et viennent leur baiser la main... Lorsqu'ils montent les premiers degrés pour entrer, la porte s'ouvre, l'évêque paraît et lui défend l'entrée... Les jeunes gens témoignent l'un son étonnement, l'autre son admiration, l'autre sa colère. Théodose lui demande pourquoi il lui défend l'entrée du temple... L'évêque parle...

Fuis du temple de paix, monarque sanguinaire, l'eau bénite n'est pas faite pour ton front, ni pour tes mains... nos prières...

Hosanna n'est point fait pour des lèvres sanglantes.

———

Antoine, Octave et Lépide dans l'île... commençant par se fouiller l'un l'autre... se partageant l'empire et écrivant les tables de proscription... Antoine finit par demander la tête de Cicéron... Octave oppose son respect, sa reconnaissance... Antoine lui répond : Je te connais, Octave... je sais que toutes les vertus te sont très-indifférentes... je t'ai accordé la tête de mon oncle... Lépide celle de son frère... Tu peux bien nous accorder celle de ce bavard...

Les proscriptions de Marius et de Sylla peuvent fournir de très-belles scènes... un ancien ami de Marius déjà blessé, accourant vers lui et lui demandant sa main qu'il refuse, est percé de coups à ses pieds.

Un des amis et compagnons de Marius lui demandant la grâce d'un de ses parents... se jetant à ses pieds... A chaque nouvelle instance Marius répond : Il faut qu'il meure. Et à la fin après le discours le plus pathétique, accompagné de larmes... Il doit mourir... qu'on m'apporte sa tête!...

Ulysse rentré dans son palais après avoir tendu l'arc et fait passer une flèche au travers des douze piliers de fer troués, qui ont été alignés dans la cour, supporte d'abord les insultes de chacun des prétendants à la main de son épouse, puis se fait connaître :

. . . .

Se tait, baisse les yeux, et sous un front paisible,
Lui garde dans son cœur sa réponse terrible.

. . . .

Sourit ; mais d'un sourire amer et meurtrier.

. . . .

Et portent à mon lit une envie adultère.

. . . .

. . . .

Il se dépouille alors, prêt à parler en maître,
De ces lambeaux trompeurs qui l'ont fait méconnaître ;
S'élance sur le seuil, l'arc en main ; à ses pieds
Verse au carquois fatal tous les traits confiés ;
Et là : « Nous achevons un jeu lent et pénible,
Princes, tentons un but plus neuf, plus accessible,
Et si les dieux encor me gardent leur faveur... »
Et la flèche aussitôt, docile à l'arc vengeur,
Va sur Antinoüs se fixer d'elle-même.
Le fier Antinoüs, dans cet instant suprême,
Tenait en main sa coupe, ouvrage précieux,
Où petillait dans l'or un vin délicieux.
La crainte, le trépas sont loin de sa pensée,
Et qu'un seul homme, aux yeux d'une troupe empressée,
Plus que vingt bras armés, quand son bras serait fort,
Pût oser l'attaquer et lui porter la mort.
Sur ses lèvres déjà la coupe reposée
Du nectar écumant lui versait la rosée,
Quand le fer, qu'à grand bruit fait voler l'arc nerveux,
Vient lui percer la gorge et sort dans ses cheveux.
Sa tête se renverse et l'entraîne et succombe.
La coupe de sa main fuit. Il expire. Il tombe.
Sa bouche, tous ses traits en longs et noirs torrents
Jaillissent. Sous ses pieds agités et mourants,
Table, vases, banquet, tout tombe, tout s'écroule ;
Tout est souillé de sang. De leurs siéges en foule,
Ils s'élancent soudain. Confus, tumultueux,
Ils errent. Leurs regards sur les murs somptueux
Cherchent, fouillent partout ; et rien à leur vengeance
Ne présente une épée ou le fer d'une lance.

Ils entourent Ulysse, et d'un œil de courroux :
Malheureux étranger, si peu sûr de tes coups,
Tremble, tu paieras cher ton erreur homicide ;
Ta main ne sera plus imprudente et perfide ;
Du premier de nos Grecs elle tranche les jours ;
Mais, malheureux, ton corps va nourrir les vautours. »
Insensés ! d'une erreur ils le croyaient coupable ;
Ils ne présumaient pas que ce coup formidable,
Pour eux d'un même sort était l'avant-coureur.
Ulysse, sur eux tous roulant avec fureur
Un regard enflammé d'une sanglante joie :
Vous ne m'attendiez plus des campagnes de Troie,
Lâches, qui, loin de moi dévorant ma maison,
De tous mes serviteurs payant la trahison,
Osiez porter vos vœux au lit de mon épouse,
Sans redouter des dieux la vengeance jalouse,
Ou qu'aucun bras mortel osât me secourir ?
Tremblez, lâches, tremblez : vous allez tous mourir. »

SATIRES

SATIRES[*]

I.

Il est bon de tout feindre et même la pudeur.
Mais qui peut sans dégoût, sans subite froideur,
Voir une beauté mûre et presque sous les rides
Affecter d'un enfant les alarmes timides?
Tout mensonge a besoin d'un air de vérité;
Et j'aime mieux cent fois l'indiscrète gaîté,
Trop folle, trop hardie, et qui n'est pas sans grâce,
Que d'une antique Agnès la risible grimace.

II.

. . . .
Alors pour son argent il a danse, musique,

Goût, talents, grâce, esprit, fauteuil académique ;
Grand cercle de beautés qui viennent chaque nuit
Le bercer, l'endormir, veiller près de son lit ;
Maîtresse au nez fripon qui l'aime et le ruine ;
Rimeurs, toujours amis de ceux chez qui l'on dîne ;
Tous pirates rusés qui s'entendent fort bien ;
Vrais barbiers de Midas, qui du bon Phrygien
Par eux loué, flatté, mis au rang des merveilles,
Sous un bandeau royal déguisent les oreilles.

III*.

. . . .
Le bon Chartrain, vieil imbécile honnête,
La larme à l'œil, les sens toujours bouffis,
D'un froid pathos, dit : Courage, mon fils,
Cela promet. . . . .

. . . .
. . . et le grand Jean Fréron*
Digne héritier du grand Aliboron,
Fils glorieux d'un si glorieux père.
De cette gent l'étoile est bien prospère !
O renommée ! ô sort ! ô dieux jaloux !
Quoi ! la faveur gouverne aussi chez vous !
Voilà Gorsas* dont la faconde aimable
Sans Durosoy* serait incomparable.
Quel art, quel goût, quelle âme, juste ciel !

Sont dévoilés par Pierre Manuel *!
Burke est sublime, et d'Entragues l'admire,
Et Coquillart rit et ne fait point rire.
Ces grands esprits, vains jouets du trépas,
Sont inconnus comme s'ils n'étaient pas.
Et les Frérons accaparent l'histoire.
D'un œil d'amour les muses et la gloire
Veillent sur eux ; illuminent leurs fronts.
Et ce grand nom de Frérons en Frérons
Doit à jamais lasser le c... poëte
De la déesse à la double trompette.

. . . . . . les sublimes destins
Du sieur Bagnols, le Boileau des catins.

. . . .
. . . .

Un marquis bègue et qui n'est des plus sots,
Gros chansonnier qui crève de bons mots,
Contre eux aiguise, en sa gaîté caustique,
Vingt calembours pétris de sel attique.

. . . .
. . . .

Ainsi souvent, quand, d'une égale haleine,
Six forts coursiers font voler sur la plaine
D'un char léger les quatre orbes roulants,
Le poil dressé, vingt dogues turbulents,
Précipités dans leur rage imbécile,
Viennent en vain mordre la roue agile.
La roue agile et les coursiers nerveux,
Sans écouter ces cris tumultueux,

Sans se hâter, poursuivent leur carrière.
Le char bondit et couvre de poussière
Le sot troupeau dont l'importune voix
Le suit de loin par de rauques abois*.

.   .   .   .
.   .   .   .
.   .   .   .   .   .   :   .   .   .   .   .   .
.   .   .   .
.   .   .   .

De recueillir pour double récompense,
Avec l'estime et l'amitié des bons,
Un autre bien, la haine des fripons.

IV*.

Or venez maintenant, graves déclamateurs,
D'almanachs, de journaux, savants compilateurs ;
Déployez pour mes vers vos balances critiques,
Flétrissez-les du sceau des *letters italiques* ;
Citez faux de grands noms, épouvantails des sots ;
Aux lourds raisonnements joignez de lourds bons mots ;
Assurez que ma muse est froide ou téméraire,
Que mes vers sont mauvais, que ma rime est vulgaire.
Je l'ai bien fait exprès ; votre chagrin m'est doux.
Je serais bien fâché qu'ils fussent bons pour vous.
Mon Dieu ! lorsqu'imitant ce bon roi de Phrygie,

Vous jugez ou le drame, ou l'ode, ou l'élégïe,
Faut-il que nul démon, ami du genre humain,
Jamais à votre front ne porte votre main!
Vous connaîtriez au moins combien vos doctes veilles *
Sur votre tête auguste allongent vos oreilles.

V.

C'est son chef-d'œuvre, il lit : studieux auditeur,
Admirez. Ce matin, fougueux déclamateur,
Loin du bruyant démon qui le presse et l'agite,
Maîtres, valets, portier, ils ont tous pris la fuite.
L'escalier a tremblé des éclats de sa voix.
Il s'est gratté le front; il s'est rongé les doigts.
Pour être un grand rimeur il sait ce qu'il en coûte.
Ses ongles en entier disparaîtront, sans doute,
S'il faut qu'une autre fois, Apollon, qui lui rit,
D'un tel moment de verve échauffe son esprit.

Un jeune homme orgueilleux et docte réputé,
Tout plein de quelque auteur au hasard feuilleté,
Étonne un cercle entier de sa haute sagesse;
Il se joue avec grâce aux dépens de la messe,

Il plaisante le pape et siffle avec dédain
Tous ces rêves sacrés qu'enfanta le Jourdain.
Et puis d'un ton d'apôtre, empesé fanatique,
Il prêche les vertus du baquet magnétique,
Et ces doigts qui de loin savent bien vous toucher
Et font signe à la mort de n'oser approcher.
Un tel conte à ses yeux est moins plat, moins insigne,
Que ce vin frauduleux, étranger à la vigne,
Par qui sont de Cana les festins égayés,
Ou ces diables pourceaux dans le fleuve noyés.
C'est que son jugement n'est rien que sa mémoire ;
S'il croit même le vrai, c'est qu'il est né pour croire.
Ce n'est point que le vrai saisisse son esprit,
C'est que Bayle ou Voltaire ou Jean-Jacques l'a dit.
. . . .
. . . . , ...
. . . . et le pauvre hébété
N'est incrédule, enfin, que par crédulité.

VI.

La couronne toujours ne fait pas la victoire.
Que Voltaire, partout, à l'encens immortel,
Aille de son Quinault recommander l'autel ;
A juger des bons vers les oreilles bien nées,
De mes hymnes pompeux justement étonnées,
Ne trouvent, quoi qu'ait dit un si grand défenseur,

Dans cet amas d'écrits humbles, nus, sans couleur,
Se traînant sur leur molle et rampante harmonie,
Rien qu'un rimeur glacé, sans verve, sans génie,
Que trente vers charmants, dans ce recueil épars,
N'auraient point dû si fort grandir à ses regards.

VII.

On dit que le dédain froid et silencieux
        Devint une ardente colère,
Lorsque le *Moniteur* vous eut mis sous les yeux
        Le sot fatras du sot Barère* ;
Qu'au Phœbus convulsif de l'ignare pédant,
        De honte et de terreur troublées,
Votre front se souvint de ce Thrace impudent,
        Qui vous eut toutes v...
On dit plus : mais je sais combien chez nos plaisants
        Grâce, p... et faconde,
Exposent une belle à des bruits médisants ;
        Ils veulent que sur cet immonde,
Vous ayez, mais tout bas, aux effroyables sons
        D'apostrophes trop masculines,
Joint : pied-plat, gredin, cuistre, et d'autres maudissons,
        Peu faits pour vos lèvres divines ;
Dignes de lui, d'accord ; mais indignes de vous.
        Ces gens n'ont point votre langage ;

N'apprenez point le leur. Un ignoble courroux
Justifie un ignoble outrage.

VIII*.

La potence est pour eux une source féconde[1] ;
Il faut voir combien leur gentillesse abonde [2]

*à lui trouver cent noms les plus gentils du monde. L'un l'ap-
pelle la... l'autre la... Il rentre de ce spectacle. Il y mène sa
femme et ceux de ses enfants qui ont été sages ; les autres au
retour quittent leur tambour et leurs jeux pour venir entendre.
Il leur conte quelle mine il avait, etc... Tous trépignent de joie ;
on bénit... humanité héréditaire. Ceux qui l'ont vu sont l'objet
de l'envie. Puis ils dorment contents... d'avoir vu couler aujourd'hui tant de... et la douce assurance d'en voir demain couler
autant. Que Dieu les garde de mal ; qu'à leur mort leur âme
passe au corps des loups et des panthères, elle s'y trouvera bien
mieux. Et pour moi j'ai voulu que leur noble mémoire allât
faire vomir un jour l'érudit qui lira cet hymne de leur gibet,
monument d'estime et d'amour [3].*

Il est vrai, plats bavards, canaille inepte et lâche*,

1. André a écrit ainsi ces vers :

'Ο σταυρός *est pour eux une* πηγή *féconde.*

2. Ce vers qui a un pied de moins devait être changé.
L'auteur a écrit au-dessus :

Ils se travaillent à l'envi.

3. Le manuscrit porte ces mots ainsi écrits en abrégé :
... *Qui lira cet hymne de leur gb. monum. d'est et d'am.*

Vous êtes sujets du bâton,
. . . . du bourreau, de la hache,
De l'infamie et de Couthon *.

IX.

A.

— Il faut avec le fer les soumettre à la loi.

B.

— Non, grand Dieu ! point de sang.

A.

— Les citoyens pervers doivent être punis.

B.

— Les citoyens pervers sont les cœurs sanguinaires
Qui vont, le fer en main, persuader leurs frères *.

X.

. . . .
. . . . pour lui
L'ombre du cabinet en délices abonde.

S'il fuit les graves riens, noble ennui du beau monde
Ou si, chez la beauté qui l'admit en secret,
Las de parler enfin, il demeure muet,
Il regagne à grands pas son asile et l'étude :
Il y trouve la paix, la douce solitude,
Ses livres, et sa plume au bec noir et malin,
Et la sage folie, et le rire à l'œil fin.

POÉSIES DIVERSES

POÉSIES DIVERSES·

CONTE ·

Pour se nourrir, attaquer, se défendre,
Aux animaux, mère soigneuse et tendre,
Dame nature a donné des moyens,
Mais différents ; chaque espèce a les siens ,
Et quand survient l'occasion susdite,
A s'en servir l'instinct la nécessite.
D'un bel œuf blanc le fils rauque et braillard
Tente beaucoup l'appétit d'un renard ;
Troupeau nombreux, bêlant, fourré de laine,
Fuit un chien noir qui jappe dans la plaine.
D'un large front les tortueux rameaux,
Dans les combats, protégent les taureaux.
Donc je vous tiens ennemi de nature
Quand vous voulez qu'à son instinct parjure,
Un coq matois aille tordre le cou
D'un vieux renard et l'emporte en son trou ;

Que le taureau, bêlant dans la campagne,
Fuie aux abois d'un chien qui l'accompagne ;
Et que l'agneau, d'un front dur, spacieux,
Aille éventrer vingt dogues furieux.

———

.   .   .   .

Mais, comme vous, ce que plus je regrette,
Mes chers amis, c'est qu'en ce temps béni,
A tout moment des filles toutes nues,
Pour se couvrir n'ayant que leurs cheveux,
De pleurs amers inondant leurs beaux yeux,
De tous les bois peuplaient les avenues.

ÉPIGRAMME

Ce gros Seiffer *, dont les yeux, dont la voix,
Respirent sang, rage, audace et bassesse,
N'est si balourd que son grossier patois.
Du dur vandale admirez la finesse !...
Pour mieux remplir son emploi d'assassin,
Il a, de plus, étant jà médecin,
De patriote acquis brevets et bulles.
Par là, dit-il, nul ne peut m'échapper,
Malade ou sain. Mes poignards vont frapper
Tous ceux qu'auraient épargnés mes pilules.

POÉSIES DIVERSES

I.

. . . .
. . . . · ˙C'est la frivolité *,
Mère du vain caprice et du léger prestige.
La fantaisie ailée autour d'elle voltige :
Nymphe au corps ondoyant, né de lumière et d'air,
Qui, mieux que l'onde agile ou le rapide éclair,
Ou la glace inquiète au soleil présentée,
S'allume en un instant, purpurine, argentée,
Ou s'enflamme de rose, ou petille d'azur.
Un vol la précipite, inégal et peu sûr.
La déesse jamais ne connut d'autre guide.
Les Rêves transparents, troupe vaine et fluide,
D'un vol étincelant caresse ses lambris *.
Auprès d'elle à toute heure elle occupe les Ris.
L'un pétrit les baisers des bouches embaumées;
L'autre, le jeune éclat des lèvres enflammées;
L'autre, inutile et seul, au bout d'un chalumeau
En globe aérien souffle une goutte d'eau.

La reine, en cette cour qu'anime la folie,
Va, vient, chante, se tait, regarde, écoute, oublie,
Et, dans mille cristaux qui portent son palais,
Rit de voir mille fois étinceler ses traits.

II*.

FABLE TRADUITE D'HORACE

SATIRE VI, LIVRE II.

Un jour le rat des champs, ami du rat de ville,
Invita son ami dans son rustique asile.
Il était économe et soigneux de son bien ;
Mais l'hospitalité, leur antique lien,
Fit les frais de ce jour comme d'un jour de fête.
Tout fut prêt : lard, raisin, et fromage, et noisette ;
Il cherchait par le luxe et la variété
A vaincre les dégoûts d'un hôte rebuté,
Qui, parcourant de l'œil sa table officieuse,
Jetait sur tout à peine une dent dédaigneuse.
Et lui, d'orge et de blé faisant tout son repas,
Laissait au citadin les mets plus délicats.

« Ami, dit celui-ci, veux-tu dans la misère
Vivre au dos escarpé de ce mont solitaire,
Ou préférer le monde à tes tristes forêts ?

Viens; crois-moi, suis mes pas; la ville est ici près :
Festins, fêtes, plaisirs y sont en abondance.
L'heure s'écoule, ami; tout fuit, la mort s'avance :
Les grands ni les petits n'échappent à ses lois;
Jouis, et te souviens qu'on ne vit qu'une fois. »

Le villageois écoute, accepte la partie :
On se lève, et d'aller. Tous deux de compagnie,
Nocturnes voyageurs, dans des sentiers obscurs
Se glissent vers la ville et rampent sous les murs.
La nuit quittait les cieux quand notre couple avide
Arrive en un palais opulent et splendide,
Et voit fumer encor dans des plats de vermeil
Des restes d'un souper le brillant appareil.
L'un s'écrie, et, riant de sa frayeur naïve,
L'autre sur le duvet fait placer son convive,
S'empresse de servir, ordonner, disposer,
Va, vient, fait les honneurs, le priant d'excuser.

Le campagnard bénit sa nouvelle fortune;
Sa vie en ses déserts était âpre, importune :
La tristesse, l'ennui, le travail et la faim.
Ici l'on y peut vivre; et de rire. Et soudain
Des valets à grand bruit interrompent la fête.
On court, on vole, on fuit; nul coin, nulle retraite.
Les dogues réveillés les glacent par leur voix;
Toute la maison tremble au bruit de leurs abois.
Alors le campagnard, honteux de son délire :
« Soyez heureux, dit-il; adieu, je me retire,

Et je vais dans mon trou rejoindre en sûreté
Le sommeil, un peu d'orge et la tranquillité. »

III*.

Ainsi, lorsque souvent le gouvernail agile
De Douvre ou de Tanger fend la route mobile,
Au fond du noir vaisseau sur la vague roulant
Le passager languit malade et chancelant.
Son regard obscurci meurt. Sa tête pesante
Tourne comme le vent qui souffle la tourmente,
Et son cœur nage et flotte en son sein agité
Comme de bonds en bonds le navire emporté.
Il croit sentir sous lui fuir la planche légère ;
Triste et pâle, il se couche, et la nausée amère
Soulève sa poitrine, et sa bouche à longs flots
Inonde les tapis destinés au repos.
Il verrait sans chagrin la mort et le naufrage :
Stupide, il a perdu sa force et son courage.
Il ne retrouve plus ses membres engourdis.
Il ne peut secourir son ami ni son fils,
Ni soutenir son père, et sa main faible et lente
Ne peut serrer la main de sa femme expirante.

*Fait en partie dans le vaisseau, en allant à Douvres, couché
souffrant, le 6. Écrit à Londres, le 10 décembre 1787.*

IV*.

Sans parents, sans amis et sans concitoyens,
Oublié sur la terre et loin de tous les miens,
Par les vagues jeté sur cette île farouche,
Le doux nom de la France est souvent sur ma bouche.
Auprès d'un noir foyer, seul, je me plains du sort.
Je compte les moments, je souhaite la mort ;
Et pas un seul ami dont la voix m'encourage,
Qui près de moi s'asseye, et, voyant mon visage
Se baigner de mes pleurs et tomber sur mon sein,
Me dise : « Qu'as-tu donc? » et me presse la main.

V*.

περὶ ποιητ.

Après la prise de Constantinople et la renaissance des lettres,
lorsque l'étude de la langue grecque et romaine fut répandue
jusque dans le Nord...

Pour entendre ce chœur de cygnes étrangers,
Le vaste écho des monts que la Baltique embrasse,
Hérissé de forêts, de ses antres de glace

II .   28

Sortit, et, souriant, pour la première fois
Il se plut à s'entendre et méconnut sa voix.

Quand les Anglais commencèrent à cultiver la poésie... Mil-
ton... homme sublime, qui a quelques taches comme le soleil...
Pope... Thompson, aussi d'autres étincellent quelquefois de beau-
tés, comme les volcans qui lancent du feu au milieu des cendres
et de la fumée...

Les poëtes anglais, trop fiers pour être esclaves *,
Ont même du bon sens rejeté les entraves.
Dans leur ton uniforme, en leur vaine splendeur,
Haletants pour atteindre une fausse grandeur,
Tristes comme leur ciel toujours ceint de nuages,
Enflés comme la mer qui frappe leurs rivages [1],
Et sombres et pesants comme l'air nébuleux
Que leur île farouche épaissit autour d'eux,
D'un génie étranger détracteurs ridicules *
Et d'eux-même et d'eux seuls admirateurs crédules *,
Et certes quelquefois, dans leurs écrits nombreux *,
Dignes d'être admirés par d'autres que par eux.

Le beau siècle des Grecs n'est pas celui d'Alexandre... Leurs
triomphes dans les lettres sont du même temps que leurs
victoires pour la liberté... Toutes les îles... le Péloponèse...
étaient pleins de poëtes lyriques... Thespis parut... Alors la
comédie... la tragédie... (les peindre allégoriquement). Les Perses
viennent... Thémistocle... Minerve sur les remparts de sa ville
chérie secoua sa redoutable égide... le Sunium trembla... elle
secoua sa lance, elle lança la foudre... Xerxès s'en retourna...
son char (faire allusion au songe de sa mère dans Eschyle *)...
Sophocle, Phydias, etc... Salut, divine contrée où l'on a vu en-

1. Variante :
  Enflés comme la mer qui blanchit *leurs rivages.*

semble ce que l'on n'a point vu depuis et ce que peut-être on ne verra plus... les arts, la puissance et la liberté réunis ensemble.

Quoique les pays du Nord aient eu de très-beaux génies, il semble que les pieds délicats des muses aient peine à s'accoutumer à marcher sur tels et tels sommets*.

C'est cet amour profond que la patrie inspire
Qui, sur soi, pour longtemps assied un vaste empire;
Qui, seul, en demi-dieux transforme les soldats,
Qui, seul, avec vigueur fait mouvoir les États,
Fait durer leur jeunesse et d'une main divine
Les relève déjà penchants vers leurs ruines.
L'or offrirait en vain des secours opulents;
En vain même le ciel formerait des talents.
Français, notre salut n'a point d'autre espérance ;
Français, nous périssons si vous n'aimez la France;
Si vous ne l'aimez plus que. . . . . . .
Si le bonheur commun n'est pas votre bonheur,
Rien, rien que cet amour fraternel et sublime
Sous nos pas raffermis ne peut combler l'abîme.
Que la France, partout, du jeune homme pieux
Occupe à tout moment et le cœur et les yeux[1];
Qu'il la voie et lui parle et l'écoute sans cesse;
Qu'elle soit son trésor, son ami, sa maîtresse ;
Que même au sein des nuits, d'un beau songe charmé,
Il serre dans ses bras ce simulacre aimé.

O chose sinistre! quand un peuple s'abandonne et est indifférent à la chose publique!... O honte! ô douleur! quand il

1. Variante :
   Remplisse *à tout moment et le cœur et les yeux.*

admire follement ses ennemis et se méprise lui-même et se pro-
sterne à ses pieds.

Français, rougirez-vous de cette humble infamie?
Faudra-t-il voir toujours une race ennemie

Qui vous a fait tout le mal possible, etc... faudra-t-il voir
toujours vos théâtres stupides retentir d'inepties aussi indignes du
goût que du bon citoyen ?...
    Il faut être juste, il est beau d'admirer les vertus même d'un
ennemi; mais il faut qu'il les ait, ces vertus; et il est honteux
d'inventer à sa gloire des mensonges pompeux... J'ai habité
parmi ces Anglais... Français, votre jeunesse n'apprend rien de
bon chez eux... qu'à faire courir des chevaux, des paris ruineux...
un jeu!... Laissons là les Anglais*.

Laissons leur jeunesse. . . mélancolique
Au sortir du gymnase, ignorante et rustique,
De contrée en contrée aller au monde entier
Offrir sa joie ignoble et son faste grossier;
Promener son ennui, ses travers, ses caprices;
A ses vices, partout, ajouter d'autres vices;
Et présenter aux ris du public indulgent
Son insolent orgueil fondé sur son argent*.

    Ils ont une bonne constitution, il faut l'imiter... pourvu que
nous n'imitions pas son indifférence à la chose publique... Quand
tous les membres sont vendus, les citoyens se partagent en fac-
tions; l'un est pour celui-ci, pour celui-là, nul n'est pour la
patrie... l'argent effronté, la corruption ouverte et avouée...

Nation toute à vendre à qui peut la payer*.

    ... O puissions-nous... ô puissé-je vivre assez pour voir la
France... les provinces les plus éloignées se tenir par la main

par une douce opulence et un commerce de frères! Mais si cela ne
doit pas arriver, ô que ce moment m'ouvre le tombeau* !

VI.

Voyez rajeunir d'âge en âge
L'antique et naïve beauté
De ces muses dont le langage
Est brillant, comme leur visage,
De force, de douceur, de grâce et de fierté.

De ce cortége de la Grèce
Suivez les banquets séducteurs ;
Mais fuyez la pesante ivresse
De ce faux et bruyant Permesse
Que du Nord nébuleux boivent les durs chanteurs.

VII.

Belles, le ciel a fait pour les mâles cerveaux
L'infatigable étude et les doctes travaux.

Pour vous sont les talents aimables et faciles [1].
O ! le sinistre emploi pour les grâces badines *
De poursuivre une sphère en ses cercles nombreux,
Ou du sec A plus B les sentiers ténébreux [2] !
Quelle bouche immolée à leurs phrases si dures [3]
Aura jamais la nuit les suaves murmures [4],
Et pourra s'amollir à soupirer : *mon cœur* [5],
Mon âme, et tous ces noms d'amoureuse langueur [6] ?

1. Ce vers est la première pensée du poëte; il voulait le corriger ainsi :

Vous avez *les talents aimables et faciles.*

2. L'auteur avait d'abord fait ainsi ce vers :

Ou du sec A plus B les détours *ténébreux.*

3. La première version était :

Une *bouche immolée à leurs phrases si dures.*

4. Par suite de la version qui précède, ce vers était ainsi :

Aura-t-elle *la nuit les suaves murmures...*

5. D'après ce que portent les vers précédents, il y avait ici :

Peut-elle se former *à soupirer mon cœur...*

6. Enfin ce dernier vers était ainsi fait :

Mon ange *et tous ces* mots *de si douce langueur ?*

VIII.

. . . .

Aux déserts de Barca le monstre des forêts,
Quand le chien dévorant sur ces arides plaines
Vomit du haut des cieux ses brûlantes haleines,
Sent l'amour en fureur, dans ses flancs consumés,
Verser au lieu de sang des poisons allumés ;
Jamais de plus de morts, de meurtres, de carnages
L'Afrique n'abreuva ses infâmes rivages.
Dieux ! que je plains alors l'étranger oublié
Qu'à ces bords . . . la mer retient lié !
Chaque jour, d'un sommet élancé dans la nue,
Sur la vaste Amphitrite il promène sa vue.
A ses vœux enflammés prompt à se décevoir *,
Son œil avide vole au-devant de l'espoir.
Un nuage lointain qui se penche sur l'onde,
Un roc où, se brisant, Téthys écume et gronde,
Un monstre qui surnage et des flots fend le cours,
Tout lui semble un vaisseau qui vole à son secours.
Mais quand du haut Atlas la cime dévorée
De rayons presque éteints est à peine éclairée,
Vers l'astre fugitif, sur son sommet assis,
Il tourne ses regards de larmes obscurcis.
Bientôt de mille cris l'air ébranlant les nues,
De rugissements sourds les cavernes émues,
Des tigres, des lions, les fureurs, les combats,
Dans le creux des rochers précipitent ses pas.

Là, pâle, anéanti, palpitant, hors d'haleine,
N'osant ni se mouvoir, ni respirer qu'à peine,
. . . .
Verse une sueur froide et dresse ses cheveux.
Dans les convulsions d'une angoisse éternelle,
Il ne voit que la mort, et que la mort cruelle;
Et quand le jour renaît dans les champs azurés,
Ses yeux, de pleurs amers sans cesse dévorés,
N'ont point connu ce baume ami de la nature,
Qui des cœurs ulcérés assoupit la blessure.

IX.

. . . .
Et du pôle endurci les immenses glaçons.
Cybèle s'épouvante, et sur ces noirs rivages,
Tremble aux vastes clameurs des baleines sauvages.

X.

Vois dans les champs de Thrace un coursier échappé;
De quel frémissement tout son corps est frappé,

Sitôt que dans les airs une trace semée
A porté jusqu'à lui l'odeur accoutumée.
Le fouet vengeur alors et la voix et le frein
. . . . . . veulent s'armer en vain

. . . .

Au travers des écueils, des rocs, des précipices,
Rien ne l'arrête, il vole; au delà des vallons,
Et des vastes forêts, et des fleuves profonds,
Et des lacs tortueux qui pressent les montagnes*,
Son cri fait tressaillir ses superbes compagnes.
Il arrive; il les voit; avec grâce à leurs yeux
Il déploie, en courant, ses pas harmonieux.

. . . .

. . . .

L'éclair part de ses yeux d'amour étincelants;
Une chaude vapeur s'exhale de ses flancs;
De ses naseaux ouverts il respire la flamme.

. . . .

———

XI.

J'irai sur tes autels, de sa présence impure,
Par un prompt sacrifice effacer ma souillure.

———

Et celles qui, du Rhin l'ornement et la gloire,
Vont dans ses froids torrents baigner leurs pieds d'ivoire.

XII*.

Finir un ouvrage ainsi :
Salut, hommes vertueux... puissent dans le tombeau vos
cendres se réjouir de ce que le Grec de Byzance a osé vous chanter.

Tel que tenant en main la coupe étincelante,
Où la vigne bouillonne en rosée odorante,
Un père triomphant et de fleurs couronné
Boit, et puis la présente au gendre fortuné
A qui ce doux présent donne, avec des richesses,
D'une vierge aux yeux noirs le lit et les caresses ;
Ainsi, quand des mortels que la vertu conduit
Brillent comme une étoile au milieu de la nuit.
Dans une coupe d'or la chaste poésie
Leur verse par mes mains l'immortelle ambroisie
Boisson qui fait des dieux. . . . .
. . . .

Puissent vos saintes ombres se réjouir en écoutant ce qu'a
chanté sur vos tombeaux la lyre byzantine, lyre au cœur noble et
fier, qui n'a jamais loué que la vertu.

XIII*.

D'un cœur moins agité la mère chaque jour,
Du soigneux Esculape attendant le retour,
Avec moins de terreur et moins de défiance
Consulte ses regards, ses discours, son silence.
— O sois heureux! Sur toi que les dieux bienfaisants
Versent tout ce qu'ils ont de plus riches présents!
. . . .
Et si ton lit connut les dons de l'hýménée,
Que tes fils, à travers les biens et les douceurs,
D'une longue vieillesse atteignent les honneurs;
Que longtemps, de leur père antique et vénérable,
Leur cohorte brillante environne la table!
Mortel égal aux dieux, dont les savantes mains
Font obéir la vie aux désirs des humains,
Tu reprends au tombeau son innocente proie;
Dans la maison du deuil tu ranimes la joie;
D'un corps débile et lent tu chasses les douleurs,
Dans les yeux maternels tu sais tarir les pleurs.

XIV*.

*J'erre au sommet des montagnes.... et comme de là je vois loin
sous mes pas*

Aux efforts . . . . du fleuve tortueux,
De ces vallons étroits s'ouvrir les avenues.
Sur la mousse d'un roc élancé dans les nues,
Ou sur un tronc que l'âge ou la foudre a brisé,
Assis et écrivant. . . . .
J'ouvre enfin un passage aux flots de mes pensées,
En torrents orageux dans mon sein amassées.

In the Spanish pindar. translat. *Le grand nombre de morceaux semblables ne me permettra point de l'employer dans mes
Séquan...* *

And of some. span. Pind.
*Qu'un autre compose des odes bien longues ; mais le feu le
plus ardent est celui qui se consume le plus vite, il brûle et
enflamme tout en un instant, et l'on entend de loin son bruit et
son éclat foudroyant.*

XV.

Sotto il quadro in ingles.

*Allons, allons, mes beaux coursiers, courez, volez, l'aurore est
belle, le ciel est pur, un vent frais agite le feuillage, la terre*

respire une odeur balsamique, courez, volez, mes beaux coursiers.
Elle vole, les coursiers volent, elle passe comme un éclair...

Ils volent, le char vole, elle vole, elle fuit
Comme l'agile éclair qui brille dans la nuit. ·

Tous les yeux sont sur elle. L'envie assise derrière elle l'ac-
compagne d'un œil oblique et sinistre, l'admiration la contemple
avec des cris de joie, l'amour secret et silencieux la suit d'un
long regard. Elle n'ose rencontrer l'œil de l'amour, elle ignore
celui de l'envie; elle sourit à celui de l'admiration qui la con-
temple. Debout sur son char, elle élève sa tête divine, ses cheveux
sont relevés négligemment et flottent derrière elle sous un casque
couvert de plumes agiles, son fouet frappe les airs, elle agite les
rênes, elle anime ses coursiers orgueilleux d'un si beau fardeau.

Courez, volez, mes beaux coursiers.

Quoi! (un nom de cheval) tu te ralentis. C'est donc en vain
que tu as des jambes si fines... C'est donc en vain que je t'ai-
mais... Tes yeux roulaient du feu quand tu me voyais venir te
caresser... Va, je n'irai plus moi-même présenter à ta bouche le
frein qui doit te conduire; mes doigts n'iront plus s'envelopper
dans ta crinière dorée, et ma main caressante ne fera plus reten-
tir tes flancs ni ta poitrine. Et vous (d'autres noms de chevaux),
redoublez d'ardeur. Je vous ferai faire de beaux harnais; j'entre-
lacerai moi-même des rubans dans vos crinières flottantes; vous
mangerez du pain dans ma belle main.

Courez, volez, mes beaux coursiers.

Ils reconnaissent la voix de l'héroïne. Ils frémissent, ils bon-
dissent, leurs yeux s'enflamment, leurs oreilles se dressent devant
eux, le feu sort de leurs naseaux, leurs harnais sont blanchis de
sueur et leur frein d'écume. Ils volent, le char vole, elle vole,
elle passe comme un éclair, le vent ne peut les suivre.

Ils volent, le char vole, elle vole, elle fuit
Comme l'agile éclair qui brille dans la nuit ;

*et le ciel répète au loin tout à la fois les hennissements, les pieds
frappant la terre, les roues de fer, le fouet et la belle voix qui
excitent les coursiers, les seize pieds ferrés, la bruyante narine et
les cris de l'admiration qui s'élancent après la belle héroïne.*

. . . . ⊕ . . . .

. . . .

. . . .

. . . .

L'aurore est belle et pure et le ciel sans nuage ;
Un souffle doux et frais caresse le feuillage.

. . . .

. . . .

. . . .

. . . .

Ils volent, le char vole, elle vole, elle fuit
Comme l'agile éclair qui brille dans la nuit.
Tous les yeux sont sur elle. . . . .

. . . .

L'envie, au front paré d'un sourire d'apprêt,
D'un œil oblique et faux l'accompagne et se tait.
L'admiration rit, la contemplant si belle,
Et d'un cri l'applaudit et s'élance après elle.
L'amour mystérieux, dans le bois à l'écart,
Seul, timide, muet, la suit d'un long regard.
Elle n'ose point voir l'œil de l'amour timide ;
Elle ignore l'envie à l'œil faux et livide ;
Elle sourit aux cris du tumulte joyeux

Qui l'applaudit de loin, le plaisir dans les yeux.

. . . .

. . . .

Ici devait être, en vers, la partie indiquée dans le canevas, où l'héroïne gourmande ses chevaux en les appelant par leurs noms.

Ils reconnaissent tous la voix de l'héroïne ;
Ils tressaillent, saisis à cette voix divine ;
Roulent leurs pieds dans l'air, lèvent leurs fronts ardents;
L'or du frein tortueux résonne entre leurs dents.
Courbant leur col nerveux, tous, en chutes pareilles,
Précipités ; leurs yeux s'enflamment, leurs oreilles
Se dressent devant eux ; hérissés et fumants,
Leur narine bondit en longs frémissements ;
Mors et harnais sont blancs de sueur et d'écume ;
La roue échappe aux yeux, l'axe bouillant s'allume ;
Ils volent, le char vole, elle vole, elle fuit
Comme l'agile éclair qui brille dans la nuit.
Le vent ne peut les suivre . . . .

. . . .

. . . .

. . . .

. . . .

. . . .

Sous la dent de l'acier aux pointes lumineuses,
Joignant d'un velours noir les bandes sinueuses,
Un camée éclatant, sur l'argile d'azur,
Presse contre son flanc le basin frais et pur.

. . . .

XVI*.

Plutarque, au traité qu'un prince doit être savant :

Tout le monde le craint ; mais il craint tout le monde.
Le Pont a vu son roi, pendant la nuit profonde[1],
Enfermé dans un coffre, attendre le soleil,
Et dormir en secret, d'un horrible sommeil,
Que des songes sanglants épouvantaient sans doute;
Comme le noir serpent s'éloigne de la route
Et seul au fond du bois craignant le fouet vengeur
Se dérobe sous terre à l'œil du voyageur.

———————

L'esprit humain incertain et mobile
Est fort semblable au funambule agile.

———————

XVII*.

Maintenant la loi sacrée
Veut que j'appelle à nos chœurs

1. Variante :

    Le Pont vit un tyran pendant la nuit profonde...

Pallas amante des chœurs ;
Vierge à l'hymen indocile,
Qui règne sur notre ville ;
Qui tient les clefs de nos murs.
Parais, ô vierge immortelle,
O toi qui hais les tyrans ;
Le peuple des femmes t'appelle.
Mène avec toi dans ces lieux
La paix amante des fêtes.
Venez aussi toutes deux,
Paisibles et favorables,
O déesses vénérables,
Dans vos bois mystérieux,
Où sur vos saintes orgies
Nul homme ne porte les yeux ;
Lorsqu'aux lampes étincellent
Vos fronts immortels, radieux,
Venez, venez toutes deux,
Vénérables thesmophores,
Si jamais à notre voix,
Vous avez daigné descendre,
Daignez, daignez nous entendre,
Venez, venez cette fois.

———

Doux souris, doux regards, douce voix, doux silence.

———

Bacchus, sous ces forêts que tes plaintes troublèrent,
O fille de Minos, consola tes douleurs.
Les larmes de Philis sur ces rives coulèrent;
　　　Elles firent naître ces fleurs.

Ces vallons redisaient les caresses d'Œnone;
Ce fleuve s'arrêtait aux baisers d'Arion;
Et ces grottes ont vu la fille de Latone
　　　Descendre au sein d'Endymion.

Mer qui, pour séparer les amis, les amants,
Amoncelles entre eux tes remparts écumants;
Inexorable mer dont les fureurs jalouses
Dévorent les époux qui cherchent leurs épouses.

O mer, du jeune amant . . . .
Ne pus vaincre l'espoir, la jeunesse et l'amour.
O mer, tu fus domptée, et ta rage écumante
　　　Ne l'engloutit qu'à son retour.

XVIII.

Stances sur l'ouvrage intitulé Catéchisme français ou Principes de morale républicaine à l'usage des écoles primaires, *par M. de la Chabeaussière.*

Ce livre chaste et simple à tout âge est utile,
Il est sage et pensif pour plaire au bon vieillard,
Fier et nerveux pour l'homme, et pour l'enfant docile
Comme lui doux et pur, et comme lui sans art.

Chaque vers dans ce livre est une vérité ;
Leur sens précis et vrai s'imprime en la mémoire;
L'homme y lit son état, l'enfant ce qu'il doit croire.
Le vieillard ce qu'il a dit, fait ou médité.

Haïssons les tyrans, perdons la tyrannie.
Qu'il soit déclaré traître et proscrit en tout lieu
L'impie et l'inhumain, prêcheur de calomnie,
Qui dit que les tyrans sont l'image de Dieu.

Parents, prenez ces vers, et par des prix de gloire
Récompensez l'enfant qui les récite bien.
Que leur sens vertueux germe dans sa mémoire;
Il sera fils, ami, père, époux, citoyen.

Qui peut plaire longtemps ? Rien que la vérité.
Elle est simple, elle est nue et n'en est que plus belle.

Ce livre écrit par elle est simple et nu comme elle ;
Et comme elle en naissant il sera rebuté[1].

Toi qui crains de mentir et n'as point d'autre crainte,
Et par qui sur son char le vice est combattu,
Heureux de qui l'on dit : C'est la vérité sainte[2]
Qui dicta ses écrits amis de la vertu.

——————

. . . . . . Son toit . . . .
Là, chacun. . . . . " . sur la publique foi
Dort et repose en paix à l'ombre de la loi,
Et. . . . .
Achève . . . la route de la vie.

——————

XIX.

COMPARAISON.

. . . .
Ainsi l'homme endormi dans un songe brillant
Croit s'élever de terre ; il s'évapore, il nage ;

1. Variante :
   Et comme elle d'abord il sera rebuté.
2. Variante :
   Sois heureux, l'on dira : C'est la vérité sainte...

Des liens de son corps s'envole et se dégage;
Loin, au-dessus des monts, et planant sur la mer,
S'écoule, et fuit rapide et léger comme l'air.
Son rêve, à son réveil, l'agite. Il s'y replonge.
Il tente; il veut douter que ce puisse être un songe;
Il cherche à s'envoler, et contraint de rester,
Maudit ce corps pesant qu'on l'oblige à porter.

Cette comparaison peut s'appliquer à un homme qui a enfanté un projet au-dessus de ses forces... C'est un objet de comparaison entre mille; car il y en a beaucoup à choisir qui sont moins connus... et plus saillants.

. . . .

Que de forcer mes yeux à voir le jour dans l'ombre,
Ou ma bouche, en goûtant et l'absinthe et le fiel,
A croire savourer les délices du miel.

L'immense trident frappe, et le sol mugissant
Tremble, s'entr'ouvre et jette un coursier frémissant.

NOTES

NOTES

POËMES

L'INVENTION.

Page 3.

La plupart des manuscrits du poëme de l'*Invention* ont disparu entre les mains du premier éditeur, en 1819; mais les premiers brouillons et les fragments ont échappé *à sa sollicitude.*

Page 4, vers 7.

Au sujet de ces vers, l'édition critique de 1862 fait une chicane de ponctuation aux éditions précédentes; mais sa ponctuation n'est pas meilleure, et elle ne paraît pas avoir mieux compris la pensée de l'auteur, dont le manuscrit, en cet endroit, ne porte aucune ponctuation. Voici la phrase en prose : *Nous voyons les enfants de la fière Tamise, ennemis indomptés de toute servitude, excités par votre propre exemple à vous vaincre,* ce qui veut dire que les Anglais, excités par les exemples mêmes des anciens à les surpasser, ont fait des efforts dans ce but; mais que nous, Français, mieux que les Anglais, excités par l'exemple des anciens à les vaincre, nous y parviendrons si nous osons inventer, si nous essayons de puiser à la source inépuisable d'où ces anciens ont tiré une gloire éclatante et durable. Il est certain que ce n'est pas plus en restant de serviles imitateurs qu'en s'écartant des voies de la raison; c'est ce que disent les vers suivants.

Il n'est pas douteux que, si le poëte avait vécu, il aurait donné un développement plus clair à sa pensée.

Page 5, vers 15.

En 1819, le premier éditeur fit imprimer ce vers tel qu'il est ici, conforme au manuscrit; mais en 1833, une erreur typographique se glissa et le vers se trouva ainsi fait :

Nul genre, s'échappant de ces bornes prescrites.

Cette erreur s'est reproduite dans toutes les éditions postérieures.

Page 5, dernier vers.

L'édition de 1819 a reproduit ce vers exactement; l'édition de 1833 et les éditions subséquentes ont mis :

De *grands infortunés les illustres douleurs.*

L'édition critique de 1862 a imprimé ce vers comme en 1819; mais elle ajoute cette étrange observation : *« André ignorait la règle moderne qui prescrit de devant un adjectif. »*

Ce qui indique que l'éditeur a pris *grands* pour un adjectif, et que, comme le premier éditeur, il a supposé qu'André ne savait pas le français. L'un et l'autre ont entendu la pensée d'André en ce sens, qu'il parlait d'hommes *grandement infortunés,* ce qui est un contre-sens et ferait une faute grave de français dont je ne comprends pas que l'on ait même soupçonné l'auteur. Mais André ne s'est pas du tout servi du mot *grands* en qualité d'adjectif. Il parle *des grands,* des personnages principaux d'une nation, des grands seigneurs, des rois.

Comment a-t-on pu imaginer qu'*André ignorait la règle moderne qui prescrit de devant un adjectif?... Moderne!* Est-ce que l'on trouve dans Pascal, dans Boileau, dans Racine, dans Bossuet, dans Fénelon, une phrase où *de* ne serait pas devant un adjectif? Est-ce que l'on rencontre dans l'un de ces modèles : *des* grandes infortunes, au lieu : *de* grandes infortunes? André, pas plus que les illustres auteurs du xviie siècle, n'aurait fait une faute de ce genre, parce que cette règle, qui n'est pas moderne, lui était connue aussi bien qu'à nos maîtres en l'art d'écrire.

Page *11, vers 20.*

Ce vers, imprimé d'abord conformément au manuscrit, en 1819, fut ainsi changé par le premier éditeur dans l'édition de 1833 et les éditions subséquentes :

Aux lieux les plus secrets ses pas, ses jeunes pas.

Page *16, vers 22.*

Au sujet de cette comparaison d'Io, empruntée à Ovide, *Métamorph.*, lib. I, v. 725, l'auteur avait mis cette note sur son manuscrit : « Il ne faut pas oublier quelque part de placer cette comparaison : tel que le taon envoyé par Junon va tourmenter Io... description... Ainsi le poëte tourmenté par son génie tourne... description... Magnum si pectore possit... et secouant le dieu qui tourmente son sein... bientôt le dieu s'exhale de sa bouche en vers brûlants... »

Page *17, vers 13.*

Toutes les éditions portent ce vers ainsi fait par le premier éditeur :

Tout porte au fond du cœur le tumulte et la paix.

Ce vers n'est pas dans le manuscrit. André ne l'aurait point fait. L'édition critique l'a reproduit malgré la contradiction de la conjonction *et.*

Page 17, vers 20

Le premier éditeur, en 1819, a lu *feindre* au lieu de *peindre*, et toutes les éditions postérieures ont reproduit la même erreur, qui n'offre aucun sens raisonnable.

Page 18, vers 1.

La première édition, donnée en 1819, porte la version que je donne ici. L'édition de 1833 l'a reproduite également; mais dans l'édition de 1841, on a cru sans doute pouvoir corriger le texte du manuscrit et l'on a imprimé les vers suivants qui ne sont pas d'André :

> *Naître des langues sœurs* dont *le temps et l'usage*,
> Consacrant par degrés l'idiome naissant,
> Illustrèrent la source et polirent l'accent.

Page 18, vers 18.

L'éditeur de 1819, copié par ceux qui l'ont suivi, a imprimé ces deux vers ainsi arrangés :

> *L'avertit dès l'abord* que s'il y *veut monter*
> Il *faut savoir tout craindre et savoir tout tenter.*

Les éditions critiques de 1862 et de 1872 ont reproduit cette version.

HERMÈS.

Dans toutes les éditions publiées, y compris les éditions critiques, on rencontre des fragments du poëme d'*Hermès,* imprimés au hasard, c'est-à-dire sans que l'on ait paru s'inquiéter de leur corrélation. Rien n'eût été si facile que d'y mettre de l'ordre; mais le premier éditeur, persuadé que les manuscrits étaient dans la confusion, ne chercha pas même à se rendre compte de la manière de travailler du poëte, manière qui lui avait été obligeamment indiquée.

Le poëme d'*Hermès* devait avoir trois chants distingués par les lettres grecques A, B, Γ.

Page 19, troisième chant.

Chacun de ces chants devait être précédé d'une préface en vers ; c'est ce qui résulte d'un fragment de huit vers qu'André indique comme devant entrer dans la préface du second chant. Il n'a rien laissé sur la préface du premier et du troisième chant.

Page 20, ligne 8.

Essais de Montaigne, t. III, liv. III, ch. 11, p. 26, édit. de François Bastien.

Page 21, ligne 14.

L'édition critique de 1862 doute avec M. Sainte-Beuve qu'André ait voulu parler des minéraux. C'est bien *minéraux* que porte le manuscrit. M. Sainte-Beuve ne s'est pas trompé quand il a copié ce mot sur les manuscrits que j'ai mis à sa disposition, chez moi, en 1840. André pensait que les minéraux ont leur vie spéciale.

Page 21, ligne 18.

C'est cette partie du récit de Pythagore où est décrite l'inondation appelée le déluge. Le vers cité par André est le 265e du livre XV des *Métamorphoses* d'Ovide. Il eût aussi emprunté au liv. I, v. 275 et suiv., quelques pensées pour peindre les différents déluges.

Page 21, ligne 29.

L'auteur pensait à ce passage du liv. I des *Métamorphoses* qui commence ainsi, v. 292 et suiv. :

Omnia pontus erant, deerant quoque littora ponto.

Page 22, ligne 19.

Lucretius, *De rerum natura*, lib. II, v. 173, 437, et lib. V, v. 846.

Page 22, ligne 21.

Lucretius, *De rerum natura*, lib. V, v. 785.
Crescendi magnum immensis certamen habenis.

Page 22, ligne 26.

Virg., *Georg.*, lib. II, v. 325.

Page 23, dernière ligne.

Les sources auxquelles l'auteur voulait puiser sont Ovide et Ennius. C'est au commencement du livre XV des *Métamorphoses* d'Ovide que Pythagore explique son système de la métempsycose, à partir du 60ᵉ vers; mais c'est surtout du morceau qui commence au vers 165 qu'il aurait tiré des imitations.

L'indication abrégée relative à Ennius renvoie à l'édition in-4 de ce poëte, donnée en 1707, dont Guillaume Colonne est le commentateur. C'est, en effet, dans le commentaire placé aux pages 5 et 6 des *Annales* d'Ennius qu'auraient été trouvés les matériaux propres à entrer dans la composition de ce poëme, et qu'on aurait rencontré un texte pour parler d'Empédocle, dont Colonne rapporte sommairement la doctrine métaphysique.

Page 24, ligne 1 de la prose, deuxième chant.

L'auteur a indiqué ce morceau comme le commencement du 2ᵉ chant, en se servant de ces signes qui ne laissent aucun doute : *2 commenc.*

Page 25, ligne 20.

Persius, *Satira V*, v. 160.

> *Cum fugit, a collo trahitur pars longa catenæ.*

Page 28 (les Causes).

Un premier fragment porte ces signes : Δ. 2. δεισιδαιμ. causes. Ce qui veut dire : Poëme d'Hermès, chant deuxième. Causes de superstition. (Il parle plus loin de la superstition, qu'il ne confond pas avec la religion, comme le dit à tort l'éditeur de 1839.)

Page 29, ligne 2.

Lucretius, *De rerum natura*, lib. III, v. 991 et seq.

Page 29, ligne 7.

Lactantii *Opera*, t. I, lib. I, *De falsa religione*, cap. xxii p. 105, édit. de de Bure. Paris, 1748, 2 vol. in-4.

Page 32, lignes 8 et 9.

Virg., *Georg.*, lib. II, v. 6. — Virg., *Æneid.*, lib. IV, v. 58.

Page 33, ligne 3 et ligne dernière.

Plin., *Histor. mundi*, lib. II, c. cvi; — lib. IV, c. 1; — lib. XXXVI, c. xix.

L'auteur a indiqué que ces différents passages de Pline seraient employés in Δ. 2. superst. Ce qui veut dire : Dans le poëme d'Hermès, deuxième chant, au titre superstition. Le poëte n'a marqué du mot δεισιδαιμονία que ce qui se rapporte à la superstition proprement dite. Il emploie ce mot

une fois seulement, comme on l'a vu, dans le passage où il
aurait été question des religions, mais c'est pour indiquer les
causes de superstition.

Page 34, ligne 5, chant troisième.

Voyage aux Indes occidentales et à la Chine. Paris, 1782,
2 vol. in-4 avec figures.

Page 34, ligne 11.

Ovide, *Métamorph.*, lib. VIII, v. 738 et seq.

Page 34, ligne 15.

Ovide, *Métamorph.*, lib. VIII, v. 841 et seq.

Page 38 (Politique).

Les manuscrits se rapportant à cette partie du poëme
portent presque tous ces signes : Δ. βιδ. γ. πολιτ. Ce qui
veut dire : Hermès, chant troisième. Politique.

Je ne rappelle ces indications que pour montrer qu'il n'y
a pas à se méprendre sur la pensée du poëte.

Page 47, vers 4 du Système du monde.

Le poëte avait eu l'intention de changer cette rime; le
manuscrit porte le mot : *vide;* et peut-être le vers aurait-il
été ainsi fait :

Chacun avec son monde emporté dans le vide.

Page 48, vers 5.

L'auteur voulait changer le mot *expédiait* qui existe dans
ce vers, et qui ne rend pas bien sa pensée. Il a passé un
trait dessus pour indiquer qu'il voulait le remplacer par un
autre qui exprimât exactement son idée ; mais il n'a point
opéré ce changement.

Page 50, vers 23.

Mançanarès ou Manzanarès. — Maragnon ou fleuve des
Amazones.

Page 51, ligne 18.

Spanheim., *Observ. in hymn. in erer.*, p. 733, édition
de 1761.
Virg., *Æneid.*, liv. IV, v. 58.

Page 51, ligne 20.

Spanheim., *Observ. in hymn. in Cerer.*, p. 840.

Page 51, ligne 23.

Euripide, Βάχχαι. — εἰρηναν, κουροτρόφον θεάν. — C'est le
chœur qui parle, v. 419, 420, p. 401, coll. grecq. de Didot.
Hésiode, *Opera et Dies.* — εἰρήνη δ'ἀνὰ γὴν κουροτρόφος,
v. 226, p. 35, édit. grecq. de Didot.

Page 51, dernière ligne.

L'auteur avait passé un trait sur ce mot : *déguisant*, qui
ne rend pas sa pensée; mais il ne l'avait pas remplacé.
Dans le morceau en vers, il s'est servi du mot propre et
il dit :

Une mère longtemps se cache ses alarmes.

Il est à remarquer qu'en traçant son canevas en prose, des vers tout faits tombaient sous sa plume, ainsi :

Mais quand il faut partir, ses bras, ses faibles bras
Ne peuvent sans terreur l'envoyer aux combats.

Et plus loin :

. . . . *le mensonge est puissant.*
Il règne ; dans ses mains luit un fer menaçant.
De la vérité pure il déteste l'approche ;
Il craint que son regard ne lui fasse un reproche,
Que ses traits, sa candeur . . . .
Tout mensonge qu'il est ne le fassent pâlir ;
Mais la vérité seule est constante, éternelle.

Page 54, vers dernier.

Voilà, dans l'ordre établi par l'auteur lui-même, les maté-riaux du poëme d'*Hermès*. André voulait traiter le même sujet que celui du poëte latin.

SUZANNE.

Page 56, vers 11.

Le poëte semblait avoir l'intention de changer ce vers, car il l'avait marqué d'une croix après laquelle il a écrit le mot : *dit.*

Page 58, vers 18.

L'éditeur de 1839 avait omis ce vers qu'il avait remplacé par des points.

Page 59, vers 18.

L'éditeur de 1839 a imprimé ainsi ce vers qui n'est point dans le manuscrit :

Envirai-je qu'un autre attiré par *ma proie.*

Page 63, vers 1 du troisième chant.

L'édition de 1839 et toutes les autres portent, contrairement au manuscrit :

Et s'éloigne à loisir. Les infâmes vieillards,

au lieu de :

Et s'éloigne. — A loisir les infâmes vieillards.

Page 63, vers 17.

L'édition de 1839 et toutes celles qui l'ont suivie, y compris les éditions critiques de 1862 et 1872, portent cette faute : *Et mouvante,* ce qui n'a pas de sens raisonnable, au lieu de : *Et mourante,* comme le dit le manuscrit.

Page 66, ligne 28.

Les éditions de 1862 et 1872 font une remarque *critique* qui a le malheur, comme beaucoup d'autres remarques de ces éditions, de porter à faux. Elles croient qu'André a fait cette phrase : *Ils voulurent la fixer ;* et sur cela elles rapportent une note de M. Boissonade, induit en erreur par le premier éditeur qui a bien souvent mal lu l'écriture d'André, assez difficile, du reste, pour ceux qui n'ont point l'habitude de sa manière de travailler ; cette note dit que *cette faute de français a été faite fréquemment par de bons écrivains ;* mais ici encore c'est de l'érudition en pure perte ; André n'a point écrit cette phrase.

Page 70, ligne 8.

Le premier éditeur, en 1839, n'a sans doute pas su lire le manuscrit, et a pris *divinités babyloniennes,* écrit en abrégé, pour *devins babyloniens,* qu'il a imprimé. Il lui aurait suffi de se reporter à Hérodote auquel André renvoie, pour éviter cette erreur. Hérodote, au livre I de ses *Histoires,* celui intitulé κλειώ, donne, en effet, quelques détails sur les divinités et les cérémonies religieuses babyloniennes ; mais il n'est pas question de devins à Babylone. André veut indiquer ici particulièrement l'usage de la visite des femmes au temple de Vénus μυλιττα. — Hérodote, lib. I, p. 199, édition grecque de Didot.

Les éditions critiques de 1862 et 1872 portent aussi : *devins babyloniens.*

Page 70, ligne avant-dernière.

L'éditeur de 1839 a cru devoir corriger le texte et mettre : tour de *Babel,* pensant qu'André s'était trompé. André, qui a emprunté tous ces détails à Hérodote, ne s'est point trompé ; il a vu au livre I, intitulé κλειώ, qu'il y avait au milieu du temple de Bel (διὸς Βήλου) une tour composée de huit tours superposées, et à l'extrémité supérieure un petit temple. L'historien grec dit, comme on le voit, que la divinité à laquelle l'édifice était consacré se nommait Bel. C'est donc avec raison qu'André a écrit le *temple ou tour de Bel.* Les éditions critiques de 1862 et 1872 ont adopté l'erreur du premier éditeur.

Page 71, ligne 1.

André a écrit *Sémiramis* en abrégé, en mettant seulement *Sémir..* L'éditeur de 1839 n'a pu bien lire le manuscrit, et il n'a pas fait attention qu'en parlant des *jardins de Semir* et de la *statue échevelée de Sémir,* le poëte avait dans l'esprit Sémiramis. Mais cet éditeur ayant cru voir Sénir a imprimé Sénir comme s'il s'agissait d'une princesse babylonienne de ce nom. Hérodote ne dit rien de pareil : il parle seulement de Sémiramis, dont les jardins et la statue sont si connus. — Dans l'édition critique de 1862 on s'est aperçu de cette erreur et elle a été rectifiée.

Page 71, ligne 4.

André parle ici de la tour de Babel; et c'est avec raison qu'il veut ajouter : *fama est;* voici pourquoi : Le temple et la tour de Bel qu'Hérodote a vus et qu'il décrit ne sont pas la fameuse tour de Babel où arriva la confusion des langues; celle-ci n'existait plus lorsque Belus fit ériger sur ses ruines, à ce que l'on croit, celle dont il est question dans Hérodote. On comprend qu'André, en disant un mot de cette primitive tour, voulait ajouter : *les fables racontent que...*

AMÉRIQUE.

Page 73.

L'auteur n'a point dit quel nombre de chants aurait son poëme sur l'Amérique; mais il est certain qu'il eût été d'une plus grande étendue que celui de *Suzanne,* puisqu'il supposait devoir le faire de douze mille vers.

Chacune des pièces qui se rattachent à cette composition porte ce signe : *Amer.*

L'édition critique de 1862 porte, page 352, à l'occasion du vers 140 du poëme intitulé *l'Invention,* cette observation singulière :

« Fayolle a dit avoir vu parmi les manuscrits *le plan d'un poëme sur la conquête du Pérou;* qu'est-il devenu? qui donc a dispersé ainsi les reliques du poëte? » — La conquête du Pérou c'est le poëme sur l'Amérique. — L'éditeur critique, quoique le sachant très-bien, feint d'ignorer que, si un grand nombre des manuscrits d'André se trouvent *dispersés,* c'est grâce à l'abus de confiance de l'éditeur en 1819. Le critique a dit dans son Appendice bibliographique, page 61, qu'il ne *reste plus entre mes mains que quelques vers inédits, fragments sans suite et sans beaucoup d'intérêt, qui n'auraient pas grossi de plus d'une page l'œuvre désormais complète d'André Chénier.*

La présente édition est la réponse à cette assertion de
l'édition critique.

Page 73, dernier vers.

Ici est la place de ce morceau, que l'éditeur de 1839 avait
eu la singulière idée de mettre au nombre des fragments
d'élégies, et d'imprimer dans son édition, sous le nº XIX,
p. 160, bien que l'auteur l'ait marqué du signe *Amer.* et de
l'écrire sur la même feuille qui contient la note ayant pour
titre : *Géographie.*

Page 74, vers 12.

L'éditeur de 1839, en imprimant sous le nº XIX cette pièce
de vers parmi les fragments d'élégies, a cru devoir changer
ce vers qui se trouve ainsi fait :

Gardent empreints encor d'une *puissante main.*

La pensée est la même assurément; mais je crois préférable la tournure adoptée par le poëte.

L'édition critique, qui ne croit pas à l'existence d'un poëme
sur l'Amérique, a placé aussi ce morceau parmi les élégies.

Page 75, ligne 2.

Voy. Homère, *Iliade,* liv. XVIII, v. 478 et suiv. — Virg.,
Énéide, liv. VIII, v. 626 et suiv.

Page 76, ligne 11.

Le cardinal de Retz a écrit l'histoire de cette conjuration
en 1 vol. in-8. — Mascardi l'a écrite en italien.

Page 77, ligne 3.

Il répondit à un condamné qui lui reprochait de tolérer

un supplice aussi barbare : *Je le ferais subir à mon fils s'il était hérétique.* — Voy. Cantu, *Hist. univ.*, t. XV, p. 165.

Page 80, ligne 9.

Les runes sont les caractères des anciens Scandinaves. Leurs prêtres se réservèrent la connaissance des runes ; puis on finit par les employer comme signes cabalistiques dans les opérations de la magie.

Page 83, ligne 6.

In Δ veut dire dans le poëme d'*Hermès*.

Page 83, ligne 9.

In *Amer.* veut dire dans le poëme de l'*Amérique*.

Page 83, ligne 23.

Don Alonzo de Ercilla y Zuniga a fait un poëme intitulé *la Araucana*.

Page 83, ligne 23.

Phémius (Φημιος). Voy. Homère, *Odyss.*, liv. I, v. 325, 327 ; liv. XVII, v. 263 ; liv. XXII, v. 331. — Phémius fut, dit-on, le maître et le beau-père d'Homère.

Page 84, ligne 2.

Voy. le poëme *la Araucana*.

Page 84, ligne 9.

L'auteur a répété quelques-uns de ces vers dans son poëme de l'*Astronomie*. — Voy. p. 135, 136.

Page 84, ligne 23.

Lucain n'a point fait le panégyrique de Pison. André a été

b

induit en erreur par Broukhusius qui, dans ses notes sur la XXe Élégie de Properce, liv. II, v. 39, dit que l'on attribue ce panégyrique à Lucain ; mais David Ruhnkenius, dans son édition de Velleius Paterculus, Lugd. Batav., 1779, 2 vol. in-8, dit formellement que c'est un poëte inconnu qui est l'auteur du panégyrique de Pison. Si Lucain l'avait fait, Oudendorp n'aurait pas manqué de le joindre à son édition in-4, 1728, du poëte latin, édition à laquelle il a annexé les suppléments de Thomas May.

M. Alexis Pierron, dans son *Histoire de la littérature romaine*, pense que l'auteur de ce panégyrique de Calpurnius Pison est le poëte *Saleius Bassus*, dont parlent Quintilien (*Inst. orat.*, lib. X, c. 1, p. 911, édit. de Beurmann, in-4) et Perse, qui lui adresse sa VIe satire. Ces deux auteurs l'appellent *Cæsius Bassus.* | Tacite, dans le *Dialogue des orateurs* qu'on lui attribue et que je pense bien être de lui, le cite avec éloge (*Dial. des orat.*, V, IX, X, p. 821, 831, 833, édit. Elzev., 1772, in-8, t. II) sous son nom de *Saleius Bassus.* Juvénal le désigne dans sa Satire VII du livre III, v. 80, comme pauvre et d'une réputation littéraire un peu mince en qualité de poëte ; il le nomme aussi *Saleius.* Enfin Jo. Chr. Wernsdorf, dans son édition des *Poetæ latini minores,* a publié sous le nom de Saleius Bassus ce petit poëme de 261 vers qui n'est, d'un bout à l'autre, que l'éloge de ce Pison, qui appartenait sans doute à l'illustre famille de ce nom. Ce qui a pu aussi contribuer à l'erreur d'André, c'est que, dans le poëme de la *Pharsale,* on peut trouver l'indice de cette conspiration dont Lucain périt victime.

Page 84, ligne 23.

Velleius Paterculus, *Hist. rom.*, lib. I, c. iv, p. 13, éd. de Ruknkenius, Lug. Bat., t. I, 1779, 2 vol. in-8.

Page 84, ligne 27.

Philostrati imagines, lib. II — VIII, Μέλης. § 5, p. 371, collect. grecq. de Didot.

Page 85, ligne 11.

Sannazarii (Jacob. Actii Synceri) *Opera poetica*, ex édit.
Jan. Brouckhusii, 1728, in-8.

Page 85, ligne 15.

Maragnon ou fleuve des Amazones.

Page 85, ligne 30.

Montesquieu, *Esprit des lois*, particulièrement t. II, c. v,
de l'*Esclavage des nègres*.

Page 86, ligne 21.

Homère, *Iliad.*, liv. III, v. 273 et suiv. — *Odyss.* lib. III,
v. 446. — Virg., *Énéide*, liv. VI, v. 245. — Poëme de la
Jérusalem délivrée, chant xviii, au commencement ; Renaud
se confesse au solitaire. — Dans le chant xii, vers la fin,
Tancrède baptise la belle Clorinde qui va expirer.

Page 87, avant-dernière ligne.

Tacit., *Annal.*, lib. I, c. 62-65.

Page 88 (Observations générales).

Sous ce titre se trouvent rangées toutes les notes se rapportant aux diverses parties du poëme.

Page 89, vers 20.

Le premier éditeur de 1819 a voulu lire *dix ans*, bien que
le manuscrit porte six ans. L'indication de six ans donne une
date certaine à ce morceau. La Pérouse étant parti pour son

voyage autour du monde en 1785, il est évident qu'André
écrivait ces vers de son poëme de *l'Amérique*, en 1791.

Page 91, ligne 21.

Voy. Plutarque, *Vie de Philopémènes*, t. IV, p. 21, édit.
Cussac, an IX, et t. I, p. 431, c. IX (7), collect. grecq. de
Didot.

Page 93, ligne 4.

Homère, *Iliad.*, liv. II, v. 754. ἀλλά τέ μιν καθύπερθεν
ἐπιῤῥέει, ἠΰτ' ἔλαιον. Ici ἠΰτι est pour ὥσπερ dont il reste syno-
nyme. André citait de mémoire. Il s'agit du fleuve Titare-
sias, qui verse ses eaux dans le Pénée où elles surnagent
comme de l'huile sans s'y mêler. — Voy. Vibius Sequester,
p. 208 et suiv.

Page 93, ligne 16.

Voy. Virg., *Georg.*, liv. III, v. 424 et 439.

Page 96, vers 11.

Le premier éditeur avait encore lu ici *venimeux* au lieu de
vénéneux qui est dans le manuscrit, et il a imprimé dans
toutes les éditions ce vers ainsi fait :

D'herbages venimeux *leurs terres sont couvertes.*

L'édition *critique* de 1862 a adopté cette version vicieuse
et établi dans son *lexique*, contrairement au *Dictionnaire de
l'Académie*, que l'on dit *venimeux en parlant des plantes* et
vénéneux en parlant des animaux. Je ne vois guère qu'un seul
cas dans lequel le mot venimeux peut se rapporter aux plantes,
c'est lorsqu'on parle des piqûres que font les épines noires
de l'aubépine (cratægus oxaycantha), dont les pointes acé-
rées restent dans les doigts et y font venir de petits
abcès.

L'édition *critique* de 1872 est revenue sur l'étrange langage
qu'elle avait prêté au poëte en 1862.

Page 97, ligne 16.

C'est le *Voyage de Marco Polo*, rédigé d'abord en français par Rusticien de Pise, puis par Thibaud de Cepoy, qui a donné l'idée de ces vers. — Voir dans ce *Voyage* l'histoire des usages des Tartares.

Page 98 (Caractères).

Les notes de l'auteur indiquent qu'après les épisodes viennent les caractères.

Page 99, ligne 10.

Guatimozin, dernier empereur indien du Mexique, neveu et gendre de Montézuma, lui succéda en 1520, chassa les Espagnols de Mexico, mais fut ensuite vaincu. Cortès le fit prendre avec son premier ministre et les fit coucher sur des charbons ardents afin de leur faire déclarer où étaient les trésors. Le premier ministre, vaincu par la douleur, demandait, par des regards suppliants, la permission de parler ; Guatimozin lui dit : *Suis-je donc sur un lit de roses?*

Page 100, ligne 1.

Voyage dans l'Amérique septentrionale en 1780, 1781, 1782, 2 vol. in-8. Paris, 1786, t. I, p. 165.

Le nom de la fille de Franklin est Beech et non pas Buch, comme on l'a écrit par erreur.

Page 101, ligne 14.

Ovid., *Amor.*, *Élég. X*, v. 38 et dernier.

Page 101, avant-dernière ligne.

Ramah, ou Rabbath, ou Rabbah. *Jérémie*, ch. XLIX.

Page *102, ligne 3.*

Phèdre, liv. II, épilog., vers 19 et dernier.

Page *102, ligne 20.*

Pensée empruntée aux deux vers 451 et 452 du livre I de l'*Iliade.*

Page *103, ligne 8.*

Tit. Liv., lib. XXII, c. xlv.

Page *103, ligne 13.*

Οἰδίπους τύραννος. — Les huit derniers vers du chœur à la fin de la pièce.

Page *105, ligne 3.*

Jeremiæ prophetia, ch. xix, ✻. 1, 10, 11.

Page *105, ligne 4.*

Ovid., *Métamorph.,* lib. XV, v. 167 et seq.

Page *105, ligne dernière.*

Æquam memento rebus arduis
Servare mentem, etc.
Horat., *Carm.,* lib. II, od. 3, *ad Del.,* v. 1.

Page *106, ligne 8.*

Ἄλκηστις, v. 476 et suiv. — 773 et suiv. — 1008 et suiv. jusqu'à la fin de la pièce.

Page *106, ligne 11.*

Anecdote tirée de l'ouvrage de Thomas Smith, intitulé *le Cabinet du jeune naturaliste.*

Page 106, ligne 19.

Job, cap. III, 3. Pereat dies in qua natus sum, etc.

Page 106, ligne 19.

Plutarch. de consolatione ad Apollonium, lib. XXVII, t. I, œuvres morales, collect. grecq. de Didot, p. 137, 138. — Aristote, dont Plutarque a rapporté les paroles, avait un dialogue intitulé *Eudème,* dans lequel il fait dire à Silène la sentence qu'André voulait employer.

Ce dialogue est entièrement perdu. Il n'en existe plus que le fragment que Plutarque a inséré dans ses *Œuvres morales.*

Hérodote, liv. I, p. 10, de la collect. grecq. de Didot, exprime la même sentence.

Page 106, ligne 23.

Homère, *Iliade,* liv. III, v. 161 et suiv.
Ἑπτὰ ἐπὶ Θήβας, v. 375 et suiv.

Page 107, ligne 6.

Vers 1072 jusqu'au vers 1330 qui termine la scène de *Cassandre.*

Page 107, ligne 7.

Πέρσαι. — *Œuvres d'Eschyle,* collect. grecq. de Didot.

Page 107, ligne 19.

Plutarque, *Vie de Marcus Crassus,* c. IX.

Page 107, ligne 24.

Tacit., *Annal.,* lib. IV, c. XIII, XVIII, XXVIII, LXVIII, et lib. VI, c. IV.

Page 107, ligne 25.

Pline, *Hist. nat.*, lib. VIII, c. xl, p. 542, t. I, éd. 1669.

Page 107, ligne 27.

Odyssée, liv. XVII, v. 291 et suiv.

Page 108, ligne 17.

Homère, *Iliade*, liv. V, v. 785 et suiv.

Page 108, dernière ligne.

L'auteur a noté comme devant les consulter : *l'Histoire du Pérou par l'Inca Garcilasso; l'Araucana; la Lusiade* de Camoens.

ART D'AIMER.

Page 109, chant premier.

Tout ce qui concerne le poëme de l'*Art d'aimer* a été marqué par l'auteur de cette manière : *in arte.* C'est-à-dire : *in arte amandi*, à mettre dans le poëme de l'*Art d'aimer*. Il ne peut y avoir aucun doute sur les matériaux qui se rattachent à cette composition. Mais les notes et fragments ne donnent aucune indication sur le plan du poëme. Il est certain seulement qu'il aurait eu trois chants comme celui d'Ovide, dont il paraît avoir voulu imiter plus d'un endroit et suivre la marche. Dans les deux premiers chants il eût exposé les préceptes de cet art que chacun pratique sans en rechercher les règles, et dans le troisième, il devait consigner les moyens de résister aux attaques et aux séductions, décrire les combats de la passion, etc.

Le premier chant, comme celui d'Ovide, aurait expliqué comment s'inspire l'amour.

Le commencement n'existe pas : l'auteur ne l'a point écrit.

Page 109, vers 7 et 8.

En regard de ces deux vers l'auteur a écrit : *ces deux vers seront mieux ailleurs.*

Page 109, vers 11.

Les éditions portent à tort :
    Vole et hâte *l'assaut qu'il eût dû préparer.*

Page 110, vers 1.

Le premier éditeur a retranché les quatre vers qui suivent.

Page 110, vers 7.

Le premier éditeur n'avait sans doute pas pu lire le premier mot de ce vers, écrit en grec; et il crut déchiffrer *Noüs* dans Ξάνθος écrit irrégulièrement et par abréviation, puis il fit imprimer ainsi ce vers :

    Noüs l'avait tenue au cristal de son onde,

en faisant le mot de deux syllabes. Le fleuve Xanthe est le même que le Scamandre. Homère dit, *Iliade,* liv. XX, vers 74 :

    Ὅν Ξάνθον καλέουσι θεοί, ἄνδρες δὲ Σκάμανδρον.

Le Xanthe qu'Homère fait combattre avec les dieux était un fleuve, dieu lui-même, dont les eaux rendaient les femmes blondes et où les jeunes vierges allaient se baigner la veille de leurs noces. Ici André suppose que Junon est allée se plonger dans les flots du fleuve pour paraître plus ravissante encore aux yeux de Jupiter. On sait, du reste, qu'en se baignant chaque année dans la fontaine Canatos elle y recouvrait sa virginité. (Voy. Pausanias, *Descript. de la Grèce,* lib. II, c. xxxviii.)

C'est ce double souvenir de la mythologie grecque qui a inspiré ce vers.

L'édition *critique* de 1862 contient une note de M. Bois-

sonade qui fait vivement regretter que ce savant helléniste
ait été induit en erreur par l'une des nombreuses bévues du
premier éditeur. Le mot *noüs*, que contiennent toutes les
éditions publiées, lui a fait penser qu'André avait en effet
employé cette expression dont le sens ne lui paraissait pas
clair. Cependant il a cherché à l'expliquer de la manière la
plus bienveillante pour le poëte; mais il faut convenir que
cette explication est loin de satisfaire l'esprit. Avec le mot
Noüs, inventé par le premier éditeur, la pensée d'André est
inintelligible.

M. Boissonade crut que l'auteur avait entendu que *Junon
s'était plongée dans des flots d'une huile divine qui avait eu sur
elle des effets qu'il* (André) *compare, dans sa pensée, à ceux du
nous* (*nûs*), puis il cite ce que disent, au sujet du fleuve
Nûs, Pline, *Hist. nat.,* lib. XXXI, c. XII (et non II, comme
le porte l'édition *critique*) et M. Varron.

Dans l'édition *critique* de 1862 la citation est légèrement
altérée, car il y est question d'une ville de *Crescum,* tandis
que les textes de Pline et de Varron disent *Cescum.*

Le premier éditeur, n'ayant voulu ni suivre la copie exacte
qui lui avait été remise, ni écouter les observations qui lui
furent adressées pour lui signaler son erreur, a exposé
M. Boissonade à une méprise et l'édition *critique* à dire, au
sujet de ce malheureux *Noüs* de deux syllabes, que *c'est 'la
mesure du vers qui a exigé cette licence d'orthographe.* — Et
tout cela pour un mot qu'André n'a point écrit!...

Page 111, vers 3.

L'auteur avait songé à changer l'épithète *diaphane;* il avait
d'abord mis *blanche* et *fine,* et ensuite il écrivit au-dessous le
mot *transparente;* néanmoins il hésitait entre ces diverses
épithètes, car il n'en raya aucune.

Page 111, vers 8.

C'est dans l'élégie italienne LXXXIX, p. 170, v. 3, où la
même pensée est exprimée ainsi :

D'un léger vêtement couverte et non voilée.

Page 111, ligne 13.

Le poëte avait eu l'intention de changer ce vers; car il écrivit au-dessus :

L'œil des témoins . . . en vain poursuit ta trace.

Page 111, ligne 20.

L'auteur biffa ces huit vers sur le manuscrit de l'*Art d'aimer,* comme pour les retrancher du poëme; puis il changea d'idée, les laissa, mais reproduisit la même pensée dans une élégie qui est la LVIIIe, p. 125, t. III.

Page 112, chant deuxième.

Le second chant, à l'instar de celui du poëme d'Ovide, aurait enseigné l'art de conserver sa conquête.

Page 112, ligne 3.

L'auteur a écrit entre parenthèses : (c'est trop), *sic.* Il pensait que cette narration de l'*Enlèvement d'Europe* pouvait être plus courte.

Page 112, ligne 4.

C'est le livre II des *Métamorphoses* qu'André a déjà imité ou plutôt traduit. — Voy. l'Églogue XIII sur l'*Enlèvement d'Europe,* p. 63 et suiv.

Page 112, ligne 4.

Moschus, *Idyl.* II, Εὐρώπη. *Analecta* de Brunck, t. I, p. 399.

Page 112, ligne 17.

C'est ici, au second chant, qu'appartient ce fragment.

Page 112, ligne 21.

Le premier éditeur a fait un contre-sens en imprimant :

Églé tombe à genoux, bien loin de te défendre.

En marge des dix vers qui suivent, l'auteur a écrit :

A demander pardon l'on sent quelque pudeur.

Page 113, vers 2.

Les éditions postérieures à celles de 1819 et 1833 donnent ce vers ainsi fait :

Mais souvent malgré toi, sans fiel et sans injure.

Page 113, vers 12.

Toutes les éditions portent :

Cet air humble et soumis de n'oser s'approcher.

Page 118, ligne 14.

Ovide, *de Arte amandi*, lib. III, v. 785.

Page 120, chant troisième.

Le troisième chant aurait offert les combats de l'amour. Le poëte aurait décrit les attaques et les résistances, les entraves, les peines, les obstacles de tous genres que rencontre la passion de l'amour. Ovide lui eût encore ici servi de modèle.

Il n'existe pour ce chant, comme pour les deux précédents, que des fragments, que des notes détachées. Toutefois, chaque manuscrit portant l'indication du chant auquel il appartient, il n'y a aucun doute sur le classement de ces matériaux.

Page 122, vers 1.

L'auteur avait signalé lui-même l'épithète *ardente*, comme

l'ayant employée deux fois; il a mis une croix ✕ sur chacun de ces mots, pour indiquer qu'il voulait en changer un.

Page 122, vers 4.

L'éditeur de 1839, en plaçant ce morceau au nombre des fragments d'élégies, a retranché presque en entier ce vers; il s'est borné à mettre seulement :

Que ses yeux . . . .

et il a remplacé le reste par des points.

Page 122, ligne 8.

A l'exemple d'Ovide, l'auteur devait écrire un morceau sur Protée. Seulement il l'eût placé au troisième chant, tandis que le poëte latin l'a mis à la fin du premier.

Page 123, ligne 2.

L'auteur voulait faire usage de ce passage du *Dialogue des dieux* de Lucien, où Esculape plaisante Hercule et lui reproche d'avoir filé de la laine auprès d'Omphale, de s'être habillé en femme et de s'être laissé donner de petits soufflets avec la pantoufle dorée de cette reine de Lydie, pour le punir de sa maladresse. — Voy. Lucien, *Dialogue entre Jupiter, Esculape et Hercule*, liv. VIII, *Dial.* 13, p. 57, collect. grecq. de Didot.

Page 123, ligne 16.

Ces derniers vers sont la traduction de la pensée d'Horace, *Sat.*, lib. II, Sat. VII, v. 81, 82.

LA SUPERSTITION.

Page 127.

Deux fragments de ce poëme ont été imprimés pour la première fois dans l'édition de 1839; mais ils ont été, en
quelque sorte, pris au hasard parmi les notes et documents
relatifs au projet qu'a laissé l'auteur sur ce sujet.

L'édition *critique* de 1862, page 409, révoque en doute
l'existence du poëme de *la Superstition,* et prétend que *les
éditeurs* de 1833 et de 1839 ONT IMAGINÉ qu'*André avait com-
mencé un poëme sur ce sujet!...*

Page 127, dernier vers.

Les dix premiers vers du poëme de *la Superstition* étaient
destinés d'abord à entrer dans une épître que l'auteur devait
adresser à M. Bailly, qui fut maire de Paris ; puis il les
retrancha du canevas de cette épître (voy. p. 199, t. III), et
les reporta dans le manuscrit du poëme dont il est ici question, comme étant mieux à leur place.

L'épitre est restée en projet. André voulait aussi dédier à
M. Bailly un poëme sur l'*Astronomie,* dont on donne tous les
fragments page 134.

Page 128, ligne 11.

Ces deux dernières lignes de prose forment deux vers.

Page 128, ligne 15.

Horace, *Satire III,* liv. I, v. 119.

Page 129, ligne 19.

La suite de ce canevas était sur une autre feuille qui a disparu à l'époque où les manuscrits ont été confiés au premier
éditeur.

Page 129, ligne 20.

Voici un autre fragment que le manuscrit qui manque rattachait probablement à ceux qui précèdent, et que l'auteur a marqué de ces mots écrits ainsi en abrégé Θίσπίαχ. αίσχ. pour indiquer que ce morceau doit contenir la narration de faits extraordinaires et horribles. Le premier mot grec est composé, comme André avait l'habitude de le faire, de Θίσπις et άχή ou άχμή, et le second αίσχός ou αίσχρὸς, honte, déshonneur.

Page 130, ligne 17.

L'édition *critique* de 1862, pages 409, 410, nie que ce morceau soit *de l'invention d'André*. L'éditeur suppose que le poëte l'avait *imité d'un poëme sur la superstition, soit italien, soit latin*, que lui, l'éditeur, *n'a pas su découvrir* (ce qui, en effet, eût été assez difficile). Puis, à l'occasion de ce vers, il ajoute, dans une note : *La forme seule de cette invocation au Christ est pour nous une preuve évidente que ce morceau n'est pas de l'invention d'André.*

Assertion gratuitement malveillante pour la mémoire d'André, et que rien n'autorise. L'éditeur, ici, semble vouloir faire allusion à la note trouvée par Sainte-Beuve dans les papiers de Chênedollé, note que cet éditeur a rapportée dans la notice sur la vie d'André, page XXIX, et dont il serait dupe. Mais si Chênedollé a inventé le propos consigné dans la note trouvée dans ses papiers, il a fait un mensonge et dit une sottise en croyant faire de l'esprit. L'éditeur aurait dû remarquer que Chênedollé, né en 1769, avait sept ans de moins qu'André; qu'ayant quitté la France quand la Révolution éclata, il avait à peine vingt ans en 1789, et que très-certainement il n'a pas connu André. Ce ne peut être, comme le dit Sainte-Beuve, qu'un propos ramassé pendant l'émigration qui ait fait avancer qu'André était *athée avec délices*. Ce propos n'est pas un simple mensonge, c'est une *calomnie* que repoussent non-seulement les traditions de la famille, mais encore celles des contemporains, amis ou connaissances d'André, avec plusieurs desquels j'ai eu personnellement des relations; mais ce qui donne un démenti formel et péremptoire à cette assertion et à la note de Chênedollé, ce sont ces magnifiques vers du poëme de l'*Astronomie* :

> *Salut, ô belle nuit, etc.,*

et le poëme de l'*Amérique*, et les derniers Iambes du poëte. Il faut remarquer que Chênedollé fut élevé au collége de Juilly ; qu'il quitta la France en 1791 et n'y rentra qu'après le 18 brumaire an VIII (9 novembre 1799). Enfin, parce qu'il était l'ami de Chateaubriand, faut-il supposer que Chênedollé était du nombre de ces gens qui appellent *athées* tous les hommes qui n'ont pas dans leurs opinions religieuses l'orthodoxie ultramontaine, & que les philosophes du xviiie siècle désignaient sous le nom de *déistes*?

Page *131*, lignes *3 et 4*.

Ces deux lignes de prose offrent deux vers qui sont tombés tout faits sous la plume de l'auteur :

> *Mais ils n'osèrent point, dans cet auguste lieu,*
> *Se nommer serviteur des serviteurs de Dieu.*

Au sujet du morceau qui commence au vers 1er de cette page, l'édition *critique* de 1862 décide d'un ton magistral que *l'édition de 1839 a joint à tort cette pièce à la précédente, en la confondant sous le même titre.*

Il est fâcheux pour l'édition *critique* que ce soit l'auteur lui-même qui ait ce tort.

Page *131*, avant-dernière ligne.

Voyez liv. II de la *Pharsale*, vers 67 et suivants, où il est question des proscriptions de Marius et de Sylla.

Page *132*, ligne *4*.

Particulièrement le livre Ier de la *Pharsale*.

Page 132, dernier vers.

Tels sont les éléments qui eussent trouvé place dans le petit poëme de *la Superstition* dont l'existence est niée avec tant d'assurance par l'édition critique de 1862.

LA SOLITUDE.

Page 133.

Le Mont-Harra est voisin de la Mecque. Mahomet s'y retirait pour méditer.

Page 133, dernière ligne.

Ce poëme, comme le précédent, n'eût pas été d'une grande étendue, si l'auteur en eût emprunté le sujet à l'Orient.

En traçant les notes que l'on vient de lire, il a, en même temps, indiqué le sujet d'une ode *étrangère,* puis il ajoute qu'il s'étendait bien; mais cela n'est peut-être pas suffisamment clair pour tout le monde.

André, ainsi qu'on l'a vu pour les Églogues, et qu'on le verra pour les Élégies, avait imaginé des compositions poétiques dont le sujet et le lieu de la scène appartenaient à une contrée étrangère à la France; il voulait des Églogues, des Élégies italiennes et orientales, c'est-à-dire dans le goût italien et oriental. Ici, il s'agit d'une ode dans ce genre, qu'il qualifie, pour abréger, d'étrangère; ce qui signifie qu'il aurait chanté des choses empruntées à une terre étrangère; qu'il aurait décrit des lieux, des mœurs, des usages étrangers à la France, dans un style rappelant l'imagination et le genre d'écrire du peuple chez lequel il aurait pris le sujet de sa composition.

L'ASTRONOMIE.

Page 134.

Ce morceau n'est pas le commencement, mais un fragment qui eût trouvé place dans le début de ce poëme de peu d'étendue, ainsi que l'indique l'auteur lui-même.

Page 135, ligne 13.

Cela veut dire dans le poëme intitulé *Hermès.*

Page 135, ligne 26.

Ce qui veut dire : à mettre dans l'ouvrage sur l'*Astronomie* ou *le Monde,* dont les fragments sont marqués γ. η. δ.

Page 136, vers 5.

Quelques-uns de ces vers se trouvent déjà dans le poëme de l'*Amérique,* p. 84, fictions générales.

Page 137, vers 4.

C'est une réponse à la note de Chênedollé.

Page 137, ligne 8 de la prose.

Ici encore de la plume de l'auteur coulent des vers :

Il ne ramasse point l'eau qui tombe des cieux,
Quand l'automne tarit leur trésor pluvieux ;
C'est de son propre sein que des sources fécondes
Jaillissent. . . . .

NAIVETÉ.

Page *138*.

André devait faire un poëme sur ce singulier sujet. Il n'en a pas tracé le canevas; il s'est borné à en exprimer la pensée.

Ce petit poëme eût sans doute été la critique de son époque; que n'eût-il pas dit s'il eût été de la nôtre!...

BATAILLE D'ARMINIUS.

Page *139*.

Les chapitres 117, 118 et 119, livre II, de l'*Histoire romaine*, de Velleius Paterculus, avaient fourni le sujet de ce poëme.

Les mots grecs abrégés signifient qu'il voulait dans ses chants rappeler l'infâme perfidie d'Arminius et la défaite de Quintilius Varus.

Page *139*, ligne 7.

C'est-à-dire ouvrira la scène, paraîtra au commencement du poëme avec ses compagnons, et parlera de Ségeste, ami des Romains, comme d'un traître.

Page *140*, ligne *14*.

ἡμιχόριον.

Page *141*, dernier vers.

Tel est le canevas complet de ce poëme qui eût présenté un grand intérêt.

LA RECONNAISSANCE.

Page 142.

Ce poëme n'aurait pas été d'une grande étendue, même quand l'auteur y aurait inséré, comme cela est probable, quelques épisodes; mais rien n'indique sa pensée sur ce point.

LA FRANCE LIBRE.

Page 143.

Cet ouvrage n'aurait pas eu plus d'étendue que chacun des six poëmes qui le précèdent; mais l'auteur n'a point laissé de plan autre que quelques fragments.

On remarquera qu'il eut l'idée de ce poëme à l'époque de la rédaction de la Constitution du 3 septembre 1791. Cet acte qui établissait le gouvernement constitutionnel fut salué avec enthousiasme par le jeune poëte, qui pensa que la cour d'alors, suffisamment éclairée sur la nature et la portée des évènements, acceptait volontairement et sans arrière-pensée une constitution qui assurait une liberté sage puisqu'elle fondait le gouvernement sur la loi.

Page 143, vers 4.

Allusion à la lettre qu'écrivit le cardinal de Fleury à l'Académie française, quand Montesquieu s'y présenta pour remplacer M. de Sacy. Le cardinal, ayant en vue les *Lettres persanes*, disait que le roi ne donnerait pas son approbation à la nomination de l'auteur d'un ouvrage dans lequel se trouvaient des sarcasmes impies.

Page 144, vers dernier.

Telle est esquisse jetée sur le papier à l'époque où, plein de confiance dans le pacte social qui semblait assurer la liberté au peuple français, en mettant un terme aux abus et aux priviléges, il voyait une garantie pour l'avenir dans les faits accomplis jusque-là, et dans les travaux de l'Assemblée nationale.

LES CYCLOPES LITTÉRAIRES.

Page 145.

Sous ce singulier titre, l'auteur devait faire un poëme d'assez longue haleine sur notre littérature. Il a ébauché de nombreux fragments en prose et en vers sur ce sujet ; mais aucun plan ne fait connaître comment il voulait distribuer sa matière et le nombre des chants. Je crois cependant que ce poëme n'aurait eu que trois chants. L'ordre adopté par le poëte m'a conduit à reconnaître et à distinguer trois chants.

Ce poëme satirique a pour but de flétrir cette critique amère et malveillante dont il compare les auteurs aux cyclopes qui forgent dans l'antre de Lemnos les traits de la haine, de l'envie, de la calomnie.

Page 150, ligne 14.

Le morceau commençant par ce vers fut publié pour la première fois dans l'édition de 1833 et inséré parmi les poésies diverses. L'éditeur de 1839 l'a reproduit de même.

Page 152.

Le manuscrit porte ici : *Commenc.* (commencement) ; ce qui indique le chant deuxième. Les manuscrits relatifs au premier chant ont en tête : *init.* (initium).

Page 152, ligne 15.

Ces vers ont été imprimés pour la première fois dans l'édition de 1841 aux poésies diverses.

Page 153, vers 13.

Allusion à ce que Penthée croit voir, dans la pièce des *Bacchantes* d'Euripide, v. 918, 919.

Page 154, avant-dernière ligne.

Horace, liv. II, *Epistol.* 1, *ad Augustum*, v. 225.

Page 160, chant troisième.

Il est probable que chacune des divisions du poëme aurait eu un titre et une épigraphe, si l'on en juge par ceux que porte ce troisième et dernier chant.

Le premier éditeur a placé cette pièce au nombre des élégies; elle est la vingt-quatrième des éditions de 1819 et de 1833, et la vingt-troisième de l'édition de 1839. Les éditions critiques de 1862 et 1872 l'ont aussi placée aux élégies.

On n'a point cherché à étudier la pensée du poëte, et l'on trouva plus simple, dans des notices très-malveillantes pour la famille du jeune auteur, d'appeler désordre, chaos, la confusion apparente de ses écrits, et de l'attribuer à l'indifférence des frères d'André.

Page 161, vers 7.

Le premier éditeur et ceux qui l'ont suivi ont retranché les quatre vers qui précèdent.

Page 169, vers 22.

L'auteur paraît avoir eu l'intention de mettre ailleurs ces treize derniers vers; car il passa sur eux deux traits en croix;

cependant il n'a point indiqué où il les placerait. Peut-être voulait-il les retrancher comme reproduisant des pensées déjà exprimées et qui se trouvent aux élégies XXXIX, p. 106, 107, et LXXXIII, p. 153, tom. III.

Page 169, vers 23.

Aujourd'hui Solmona. Patrie d'Ovide.

THÉATRE.

Page 181, ligne 18.

Le charlatan.

Page 184, ligne 10.

Le γòη, le fourbe γòης, le sorcier, l'imposteur.

Page 189, ligne 7.

La mort de Socrate.

Page 190, ligne 7.

Les réflexions de l'auteur indiquent l'intention d'introduire parmi nous un genre de composition dramatique qui n'a jamais été cultivé en France, ce sont les pièces représentées sur les théâtres grecs sous le nom de *satyres*, pièces qui étaient également connues à Rome. Ce nom parait leur avoir été donné parce que des chœurs de satyres y étaient introduits; mais le sujet de la composition dramatique pouvait être tragique ou comique. Isaac Casauban a écrit sur ce sujet une dissertation savante sous le titre de : *De Satyrica Græcorum poësi et Romanorum satira.* — Voyez aussi l'*Histoire de la littérature grecque,* par Alexis Pierron.

Ici, parmi les signes de reconnaissance que l'auteur avait adoptés, il emploie le mot Θίσπις, comme renfermant l'idée d'une composition tragique ou comique.

SATIRES.

Page 198, troisième satire.

Cette pièce aurait été une satire en vers de dix syllabes. On y reconnaît l'esprit et la verve de l'école de Voltaire.

Page 198, vers 5.

Fréron fit paraître au commencement de décembre 1789 un journal intitulé *l'Orateur du peuple*. Il était député de Paris à la Convention. Son journal tomba après le 9 thermidor.

En 1792, il publia avec Camille Desmoulins, son ami, un autre journal sous le titre de *la Tribune des Patriotes*.

Page 198, vers 11.

Gorsas publia le 5 juillet 1789 un journal intitulé *le Courrier de Versailles*, qui prit ensuite le nom du *Patriote*, et cessa de paraître après les journées des 31 mai et 2 juin 1793. Gorsas était député de Paris à la Convention.

Page 198, vers 12.

Durosoy était rédacteur, en 1789, du journal royaliste *la Gazette de Paris*, publié par le parti de la Cour; il n'eut que quatre-vingt-un numéros.

Page 199, vers 1.

Manuel, député de Paris à la Convention.

Page 200, vers 4.

Cette satire fut composée à l'époque où l'auteur prit part à la polémique des journaux.

Page 200, quatrième satire.

L'éditeur de 1839 a placé cette pièce dans les poésies diverses en lui faisant subir quelques changements.

Page 201, vers 4.

L'auteur devait changer ce vers, qui a plus que la mesure. L'éditeur de 1839 l'a refait ainsi :

Vous sauriez une fois *combien* les *doctes veilles*.

Page 203, vers 4, septième satire.

Barère de Vieuzac, député des Hautes-Pyrénées à la Convention, publia le 19 juin 1789 un journal intitulé *le Point du Jour*, il cessa de paraître à l'époque de la promulgation de la Constitution de 1791. C'est l'homme que le père d'André alla solliciter pour obtenir la liberté de son fils et qui lui répondit : *Votre fils sortira dans trois jours*. Ce fut vrai, mais pour aller à l'échafaud.

L'édition critique de 1862 voudrait faire croire que cette réponse était bienveillante pour André !... Avant d'émettre cette opinion il aurait fallu consulter les pièces authentiques et officielles composant les collections Deschien et Maurin, aujourd'hui possédées par la Bibliothèque nationale. Voyez la notice en tête du premier volume.

Page 204, huitième satire.

Cette satire, dont l'auteur avait l'intention de faire un hymne, devait avoir pour sujet l'affreux plaisir que prenaient les gens qui allaient chaque jour voir fonctionner l'instrument de mort sur la place de la Révolution ou sur celle de la barrière de Vincennes.

La première ligne de la prose donne un vers tout fait :

A lui trouver cent noms les plus gentils du monde.

Ce qui fait allusion à l'usage alors établi parmi la populace féroce de donner divers noms à la guillotine.

J'ai entendu Andrieux raconter dans une de ses leçons sur la littérature française, au Collège de France, l'anecdote suivante :

Jeune homme à l'époque de la Terreur, il avait une femme de ménage qui était loin de partager la fureur sanguinaire de beaucoup d'autres femmes de sa condition, mais qui allait, chaque jour, assister aux exécutions populaires, et tombait évanouie à la première tête tranchée. Cette femme lui racontait le lendemain avec horreur ce qu'elle avait vu, et se plaignait d'en être malade. — « Pourquoi y allez-vous ? lui répondait Andrieux. — Parce que, répliquait-elle, je ne peux pas faire autrement ; c'est une fatalité irrésistible qui m'y pousse : il faut que j'aille ressentir cette commotion qui me fait perdre connaissance. » Andrieux n'expliquait cette singulière manie que par le besoin d'émotions qu'elle allait chercher dans la cruelle réalité des événements, au lieu d'aller les demander aux jeux du théâtre.

Page 205, vers 1.

Cette pièce s'adresse à cette plèbe odieuse qui applaudissait à la tyrannie sanguinaire dont elle était elle-même victime. Le quatrième et dernier vers ne porte, sur le manuscrit, que la lettre initiale C. Mais le nom de Couthon se présente naturellement pour rimer avec bâton.

POÉSIES DIVERSES.

Page 209.

On place sous le titre de *Poésies diverses,* ainsi que le voulait l'auteur, les pièces formant un tout par elles-mêmes, et qui ne se rattachent pas par un signe à un autre ensemble de composition.

Page 209.

André voulait essayer tous les genres de composition. Il a ébauché en vers de dix syllabes deux fragments de contes sans indiquer quel devait en être le sujet.

Page 211, épigramme.

L'auteur n'a laissé qu'une épigramme contre Seiffer, Saxon d'origine, qui fut médecin de la princesse de Lamballe et ensuite du prince Philippe d'Orléans. A la révolution, cet homme devint un des plus furieux énergumènes de la démagogie et faisait partie de la section de la Montagne siégeant à la butte des Moulins. Cependant dénoncé par un nommé Doucet, il fut arrêté le 16 brumaire an II; incarcéré au Luxembourg, puis transféré à la Conciergerie le 1er prairial an II; mis en jugement le lendemain, 2, et acquitté. Il fut ramené au Luxembourg le même jour, 2 prairial, et mis en liberté le 3 fructidor an II.

Doucet, qui l'avait accusé d'avoir fait des confidences contre-révolutionnaires, fut envoyé à la Conciergerie, en vertu d'un mandat d'arrêt lancé contre lui. On ordonna que le Comité de sûreté générale et les Commissions populaires seraient instruits du jugement relatif à Seiffer.

I. — Page 213, vers 1.

Le premier éditeur a retranché cet hémistiche et ajouté un titre qui n'est pas sur le manuscrit.

Page 213, vers 12.

Le premier éditeur a imprimé :

Les rêves transparents, troupe vaine et fluide,
D'un vol étincelant caressent ses lambris.

Il a fait rapporter *caressent* à rêves, tandis que l'auteur fait rapporter *caresse* à troupe, dans son manuscrit.

II. — *Page 214, fable.*

Manuscrit non restitué.

III. — *Page 216.*

L'édition de 1862 place ce petit morceau au nombre des élégies. L'auteur l'a mis parmi les poésies diverses.

IV. — *Page 217.*

Il est étrange que le premier éditeur, après avoir fait imprimer la petite pièce qui précède et qui porte la date de 1787, ait donné à celle-ci, qui en est la suite, la date de décembre 1782. Le manuscrit ne donne aucune date, mais il est certain que ces dix vers sont de décembre 1787. L'édition de 1862 place ce morceau aux élégies.

V. — *Page 217.*

Ces fragments appartiennent tous au même sujet indiqué par ce signe : περὶ ποιητ. (sur les poëtes). Ces fragments ont été écrits les uns à Londres pendant le séjour d'André en Angleterre, les autres après son retour. Ils sont l'expression de ses sentiments sur le peuple au milieu duquel il se trouvait, et du jugement qu'il portait sur la littérature anglaise.

Page 218, ligne 8.

C'est ce morceau de douze vers que l'éditeur de 1839 a publié comme second fragment sous le numéro V des poésies diverses.

Page 218, lignes 16, 17 et 18.

L'éditeur de 1839 a imprimé ainsi ces vers :

Du *génie étranger détracteurs ridicules*,

D'eux-mêmes *et d'eux seuls admirateurs crédules,*
Et pourtant *quelquefois, dans leurs écrits nombreux.*

Page 218, avant-dernière ligne.

Πέρσαι, v. 176 et seq. Atossa, la mère de Xerxès, raconte le songe qu'elle a eu au chœur des vieillards. Æschyli fab., p. 53, collect. grecq. de Didot.

Page 219, ligne 5.

Ce fragment se lie à celui qui précède. André, revenu de son premier voyage à Londres à l'époque de l'assemblée des états généraux, trouva en France beaucoup de partisans du gouvernement anglais qui, ne le connaissant pas bien, citaient sans cesse la liberté dont semblait jouir le peuple de la Grande-Bretagne ; André en fut indigné, lui qui arrivait de la capitale des Anglais et qui en rapportait une opinion moins favorable ; il crut que ceux qui vantaient les principes du gouvernement britannique préféraient ce pays à la France, et, sous l'influence de ces idées, il écrivit ce morceau.

Page 220, ligne 13.

C'est ce grand fragment que l'éditeur de 1839 a publié en le tronquant et en transposant deux vers.

Page 220, ligne 21.

L'éditeur de 1839 a fait ainsi ce vers :
Son insolent orgueil fondé sur quelque *argent.*

Page 220, dernière ligne.

L'éditeur de 1839 a transposé ce vers en le plaçant au commencement du fragment qu'il a imprimé.

Page 221, ligne 2..

Cette opinion d'André sur les Anglais et sur leur littérature, fait contraste avec les idées trop exclusives d'une certaine époque de ce siècle où l'on semblait prendre à tâche d'abaisser la France. On n'était point-réputé homme de lettres si l'admiration pour Shakspeare et Gœthe n'allait pas jusqu'à déprimer Corneille, Racine, Voltaire et Rousseau. On voulait, en littérature, comme en politique après 1815, se faire un mérite de renier la gloire et l'honneur du pays pour exalter les étrangers.

VII. — Page 222, vers 2..

L'auteur aurait assurément changé cette rime; mais il ne l'a point remplacée par un autre mot : c'est là sa première idée.

VIII. — Page 223, vers 12.

L'auteur avait mis en marge de ce vers une petite croix, pour indiquer qu'il le changerait; c'est le signe qu'il employait pour marquer ce qu'il ne jugeait pas bon.

X. — Page 225, vers 8.

L'auteur a mis en marge de ce vers une petite croix pour indiquer qu'il n'en était pas content.

XII. — Page 326.

Ce fragment devait finir un ouvrage sur lequel l'auteur n'avait aucun plan d'arrêté. Il semble cependant indiquer qu'il aurait eu pour objet l'apologie des hommes vertueux de l'antiquité.

XIII. — Page 227.

L'auteur devait placer ce fragment dans une pièce où il aurait peint les angoisses d'une mère qui voit son enfant malade. Ici, l'enfant est hors de danger.

XIV. — *Page 227.*

C'est parmi les poésies diverses que ces pensées eussent trouvé leur emploi.

Page 228, ligne 10.

L'auteur, en écrivant ce mot : *sequan.*, entendait indiquer les pièces dont la Seine (*Sequana*) aurait été l'objet; c'est ce qu'il appelle *ses séquaniennes.*

XVII. — *Pages 232 et 233.*

Cette pièce, en vers de huit syllabes, n'est que le premier jet d'une pensée qui se rapporte à l'Assemblée constituante et au moment où les députés s'occupaient de la Constitution de 1791. Le poëte, après son retour d'Angleterre, s'inquiétait fort des affaires publiques, et, mêlant toujours aux choses présentes les souvenirs de l'antiquité, il crayonna de verve ces vingt-cinq vers en leur donnant le mouvement lyrique d'une invocation faite à Minerve, déesse de la sagesse, à la paix, à Cérès Thesmophore ou législatrice. Il attachait une grande importance à la Constitution et la considérait comme l'ancre de salut du gouvernement de la France.

Cette ébauche, sur laquelle l'auteur n'est point revenu, offre bien des irrégularités : deux vers riment avec le même mot, et sept autres vers n'ont point de rimes correspondantes; néanmoins on n'a pas cru devoir l'omettre dans cette publication qui a pour objet de faire connaître le poëte tout entier. Le rhythme qu'il a adopté ici est peu commun dans ses ouvrages, et le ton d'invocation poétique et sacré peut servir d'exemple.

TABLE

DU TOME DEUXIÈME

—

.

POËMES.

THÉATRE

SATIRES.

POÉSIES DIVERSES.

NOTES.

Imprimé

PAR J. CLAYE

POUR

ALPHONSE LEMERRE, ÉDITEUR

PARIS

www.ingramcontent.com/pod-product-compliance
Lightning Source LLC
Chambersburg PA
CBHW071908020726
47502CB00003B/932